JN129873

Be water my frieeeend

1

起きたら寝る前に読んでまくらもとにおいていた本がなくなっていたからキティーを読んでいた。キティーというのは「アンネの日記」のほんとうの名前でアンネは日記にキティーという名前をつけていた。そういう名前の友だちがいたのでも、架空の誰かというわけでもなかった。日記が、キティーだった。本の名前はだからほんとうは「アンネの日記」じゃなくてキティー。それでもどうしても「アンネ」と「日記」と入れたいのなら、アンネに日記を書かれたキティー。もしくは、アンネに日記を書かれた、とされている、キティー。

アンネは家族と隠れ家で暮らしていた。アンネたちはユダヤ人で、ユダヤ人というのはユダヤ教という宗教を大事にする人たちのことで、ユダヤ人を探して捕まえて殺していたナチスに見つかれば殺されるからそうしていた。ナチスが殺していたのはユダヤ人だけじゃなかった。わたしがいたらわたしはばかだから殺された。

隠れ家には家族以外の人間もいた。ペーターもいた。ペーターはアンネの恋人だった。どの恋人だってそうだけど最初から恋人だったわけじゃなかった。ペーターがはじめてキティーに出てきたのは一九四二年八月十四日。

もうじき十六ですけど、ちょっぴりぐずで、はにかみ屋で、ぶきっちょな子です。あんまりおもしろい遊び相手にはなりそうにありません

とアンネは書いていたけど一九四四年四月十六日のキティーに、

きのうの日付を覚えておいてください

と書いて、

ふと気がつくと、彼にキスされていました

と書いていた。キスされたのは、というかしたのは、一九四四年四月十五日で、彼というのはもちろんペーターで、キスする前は二人でペーターの部屋にあったソファベッドに座っていた。部屋は屋根裏部屋で天窓から隣の西教会が青く見えた。西教会の鐘はいつもアンネに聞こえていた。西教会の鐘はひとつの鐘がカランカロンと鳴るというよりはがらんごろがらんといくつもの鐘がぶつかり鳴るようなやつで、わたしは窓から少しだけ顔を

出したアンネの写真を見たことがあった。アンネは少し笑って外を見ていたことをわたしは覚えているけどわたしの記憶はあてにならないから、だからわたしはこうして書くのにその写真のことは書いてない。

ペーターの腕がアンネの肩にまわされてアンネがいった。

「もうちょっと向こうへずれてくれる？　そうすれば、たえずこの戸棚に頭をぶつけなくてすむから」

アンネはペーターの脇の下から背中へ手を入れた。ペーターがアンネの腰に手を回し引きよせた。アンネの左の乳房がペーターの胸の横、あばら骨のあたり、ペーターはあばらでアンネの乳房を感じていた。アンネの乳房はまだ小さかったけどやわらかくてあたたかかったからペーターはぼっきしていた。ペーターはアンネの頭を自分の肩にもたせかけ、鼻を近づけ髪のにおいをかぎ、自分の頭もアンネの頭に寄せかけこすりつけるようにした、ぼっきしたまま。五分ほどしてアンネがまっすぐ座り直すとペーターはまたアンネの頭を寄りかからせて、しつこい、頰や腕をなでさすり、髪をもてあそび、その間ずっと二人の頭は触れ合ったきりでいた。はじまったのは八時ごろでアンネが立ち上がったのが八時半ごろ。アンネが部屋を出て行こうとしたときペーターがキスをした。その四ヶ月後の一九四四年八月四日の午前十時から十時半の間にナチスが来て二人は捕まえられて別々の場所へ連れて行かれて死んだ。そのときのことはアンネは書いていない。

キティーは一九四四年八月一日で終わって一九四二年六月十二日から書かれはじめた。六月十二日はアンネの誕生日で、十三歳になったばっかりだった。

あなたになら、これまでだれにも打ち明けられなかったことを、なにもかもお話しできそうです。どうかわたしのために、大きな心の支えと慰め（なぐさめ）になってくださいね。

わたしは昔はずっと話さないでみんなの話を聞いているだけだったからみんなはわたしが何かいうとは思わなかった。何もいわないからわたしは何も思っていないことになっていたのでみんなは秘密でも何でもわたしにだけ話した。いつもいたのはヨベルとマサチキとハシノトとモノミツとツスィとトゥスィクゥ。わたしが何でもノートに書くようになってからはみんなはわたしにあまり話さなくなったけどトゥスィクゥは違った。トゥスィクゥはわたしが書こうが書くまいが話しかけて来た。だいたいは先生やみんなの文句。読んだ本の話。ツスィはわたしが書いていると知ってからそれまで以上に話しに来るようになった。ツスィはよく夢を見た。そしてそれを書き残していた。そのときでもう七冊のノートがあった。今も書き残していてわたしに話したりSNSに書いたりメールして来たりする。わたしが書くようになってから突然話しかけて来るようになったのはヨベルでヨベルは小説を書いていた。とてもきれいな小さな活字みたいな字でヨベルは広告の裏や白い紙にえんぴつで書いていた。ヨベルは歯のないおじいさんとにわとりを飼ってそのにわとりがうんだ卵を売って暮らしていて「わたしはじいちゃんのにわとりがうんだものだ」とヨベルがいっていたのを「じいちゃんにわたしはにわとりをうんだもの」とわたしは聞き間違えて、しばらくわたしはじいちゃんによりそうヨベル、腕を組んだ、ヨベルがうんだにわとりを見る歳の離れた夫婦、を思い浮かべていた。二人がキスする夢も見た。キス以上のことはしなかった。

アンネがもしまだ生きていたら百をこえていて、街から離れた田舎の大きな家でくらしていて、近くに森があった、孫どころかひ孫やその子どもたちに囲まれて柔らかくて白くて甘いケーキを食べていた。外は静かでアンネは歯がなくなってずいぶんたっていたから歯のないことをアンネはおもしろおかしく小さな子どもたちに話したりした。「ここに」と入れ歯をはずしてピンク色のはぐきを見せて

「昔は歯があった」

おそるおそる子どもたちは入れ歯と歯ぐきを見た。アンネは子どもたちによくお話をし

た。天気が悪くて、とくに気圧の影響でアンネの脳がぼんやりして頭がよく動かなくてもアンネには何冊ものたくさんのキティーがいたから適当なキティーを探して読めばよかった。キティーは書き続けられていたが新作より隠れ家にいたときの話が子どもたちは好きだった。結婚していたアンネが浮気をしたときの話も好きだった。アンネの結婚相手は残念ながらペーターじゃなかった。ペーターとはもう長いこと会ってなかった。どこでどうしているのか。生きているのか死んだのか。外国で家族と暮らしているとアンネは聞いたことがあった。作家になったとも噂で聞いたことがあったがうそだとアンネは思っていた。あいつには作家に大事な根気がない。しかしその噂はほんとうだった。ペーターは非常に読みづらい「ぜんえい的」な小説を書いてごく一部の人には熱く受け入れられていたがそんなものを書くからまったく本は売れずで、だから貧乏ではあったが幸運な人生だとペーターは感じていた。アンネのママとパパはとっくに死んでいた。二人ともとても長生きをして死んだ。お姉さんのマルゴーはアンネの家にいた。マルゴーは二回結婚しかけたけど結局しなかった。子どももいなかった。最近は寝たきりで散歩に出かけたりはしなくなっていたけどよくしゃべるし食べたしよく出した。その世話はアンネの娘がした。アンネのハズバンドのアントニーは死んだ。アントニーが生きていた頃のアンネの浮気の相手はヨーゼフで羊飼いだった。ヨーゼフはのんびりとした大きな犬みたいな人だったからアンネはときどきイライラしてヨーゼフにヨーゼフの奥さんのハイジの悪口をいったりした。

「どんな悪口?」

「変なにおいがする、とか」

とアンネが意地悪な顔をしていうとみんな笑った。

「髪飾りの位置が変、とか」

笑わずに自分の髪飾りの位置を直す子がいた。

「大きな声で話しすぎ、とかね。ハイジは品がないの」

だけどやっぱりみんなが大好きだったのは、一番はやっぱり隠れ家の話で、なにしろアンネのする隠れ家の話は、それをするとき必ずされるナチスという悪いやつらの話は誰がするよりおもしろかった。

「ナチスは悪いやつらだったからパパもいたしママもいた」

「うそだ!」

どの子かがいった。

「ほんとうよ。好きな誰かもいたし子どもだっていた。ご飯を食べに行っておいしかったらお店の人においしかったよありがとうまた来るねといった。犬をかわいがった、猫をかわいがった。ある人なんか猫とねずみをかっていて、二人を同じ箱に入れていたから二人はとても仲よしでくっついて寝ていた」

　ある人というのはしかしアンネの創作で、小説に書かれた人間で、名前はカールといって、カールはナチスで、ナチスのカールが主人公の小説をアンネは書いていた。タイトルはカール・アッペンバッハに起きた人間が思いつく限りの悲惨。そこでカールは猫とねずみを飼ってかわいがっていた。それを書いたのはアンネが四十すぎで、キティーにアンネは、

その頃がわたしの最盛期だった

　と書いていたけどそんなことはなかった。五十代になっても六十代になってもアンネは精力的に書いたし、何より七本の中長編を書いた七十代こそがアンネの最盛期だった。アンネは完成したものだけで十四の小説を書いたけど小説は本にはならなかった。いくつかの随筆は本になった。あのキティーのアンネということで宣伝されて、だけどキティーほどは売れなかった。キティーが、というよりもキティーにまつわる人々、アンネの父やそ

いた。

の仲間が政治的だと批判されていたということもあった。アンネはキティーにこう書いていた。

あの体験を書き、それが出版され、世界中の人々に読まれたことで、お可哀想なアンネとわたしは方々で同情されひととき大事にされたが、わたしはキティーが正当に読まれていたとは思わない。キティーはお可哀想な女の子の話なんかじゃない！　ある人は「ずいぶん手の込んだ政治の書」などと意地の悪い批判さえした。残念なことだけど利用した人もいた。しかしまぁだけどキティー。あなたが出版されたことでわたしのひとまずの願いは叶えられた。受け取り方は人それぞれ。それぞれいいたいことをいう。豊かな世界ってことね。豊かであるということはタフでいなければならないということよ。

子どもたちに話していた頃のアンネは自分がかつてした創作なのか今創作しつつのことなのか見たことだったのか聞いただけのことだったのかの区別がもうぼんやりとしていて、あらゆることが混ざりあい共鳴した、ひとつの人間としてもっとも豊かな状態にあった。

「カールはママのこともパパのことも大好きだったし、何より誰にとっても良き隣人だった」

「ナチスなのに！」

「そうよ。だからあなたたちのことも絶対にそんなことはしないとわたしは考えていない」

「そんなことって？」

「人間を捕まえて殺したりすること」

それはナチスの話をしたとき必ずアンネがいったことで、そこで子どもたちはくすくす笑った。それから子どもらをアンネはじっと見て、子どもらに身をかがめて目を細めて、冗談をいうときと同じ体勢をとって、一番大事なしめくくりみたいに小声でこういった。

「ここからは絶対に内緒よ」

子どもらは真顔で聞いていた。もう笑う子はいなかった。

「何もわたしは思い返してなつかしいとは思わないけどわたしはあのナチスの服、窓の隙間からその服を着た人たちを見たらお腹が痛くなるくらい怖かったあの黒い服がね、ときどきゾッとするくらいなつかしい。そして抑えつけられないぐらい透明な、純度の高い、殺意がわく」

キティーに飽きてお腹がすいて寝る前に読んでいた本をもう一度探したけどやっぱりなくて、パンを焼いて蜂蜜を塗って食べていたらママが部屋から台所へ来た。おはよう。ママはほんとうは今よりずっと前に起きていて布団の中でノートを書いていたのをわたしは戸のすき間から見ていた。ママは昔からいつもノートを書いていた。わたしがノートを書くようになったのはママの真似で残念ながらアンネじゃなかったとネルは思い込んでいたけど、とママは書いていた。ぼくがネルにムエイドゥの残していったキティーをすすめてからずっと読んでいたネルにあなたも書いてみたらとぼくがいったのだからぼくの真似というよりはネルはやっぱりキティーに影響されて書きはじめたというのが正確で、ぼくの真似というのはネルの思い違いだった。

ママのパパも残されたものは少なかったけど書いていたし、もっと少なかったけどママのママも書いていたから、うちにはたくさんの書かれたノートがあった。部屋のあちこちのすみや壁ぎわ、押し入れの中に箱に入れられ重ねられていた。あまりにたくさんになるからときどきママが捨てていた。古いやつから捨てると古いやつが全部なくなってしまうから「適当に間引く」とママはいっていたけどそれがなかなかむつかしい。読んで吟味してからとかやりはじめると読みふけってしまい結局どれも捨てられないから目をつむって、手で選んで、捨てる。捨てなきゃいいとも思うけどせまいしね。そうして残ったものをわたしは読み返し読み直し書きうつしつつ書いている。

パパは、ムェイドゥはノートは書かなかった。本はたくさん残していた。部屋にある本はほとんどムェイドゥの残していった本だった。本にはいくつもの折り目や鉛筆で引かれた線があったが書き込みはなかった。わたしはムェイドゥが残していった本をずっと読んできた。ママは本は捨てなかった。それを頼りにわたしはムェイドゥが残していった本はママが自分で買った本かわたしが買った本でムェイドゥの本じゃなかった。たまに捨てていたことはあったけどそれはママが自分で買った本かわたしが買った本でムェイドゥの本じゃなかった。

「海でも行こうか」

洗面所からママがいうのが聞こえた。わたしはびっくりした。わたしたちの暮らす星ではそのときびょうきがはやっていた。びょうきはずいぶんこわいらしく、たくさんの人間が、とくに外国では「バタバタと死んでいる」とテレビはいっていたけど死んだ人をわたしは見たことがなかったから「ただの風邪だ」「これまでだって風邪で人は死んでいた。気にしなかっただけだ」という人もいて「そもそもその風邪とは何だ」という人もいて「外へ出るな」といっていて、「マスクマスク」といっていて、しないで外を歩くとにらまれた。先生も「来るな」といっていたからわたしはセンターへは行かず家にずっといた。「それにあなたは」と先生はいった。

「薬も飲んでない」

飲めばびょうきがうつらないとされていた薬がびょうきがはじまってから少ししてからはやっていた。外国から来たその薬は飲むのは一回だけではだめで二回飲むことになっていて、だけどすぐに三回になり、四回になり、五回になり、六回になり。七回とか。たくさんの人が飲んで熱を出した。タカタカちゃんも一度だけ飲んだら熱を出した。死んだ人もいるという噂もあったとタカタカちゃんがいっていたとママは書いていた。「噂だ」と強くいう人もいた。飲めという命令があったわけではなかったから人のいうことを聞かないママは飲まなかったし飲まなくてもいいとママがいったからわたしも飲んでなかった。

「飲まない理由でもあるのか」

と先生はいった。ママにそう書くと「とくにない」といったからわたしが先生にそう書くと先生は薄い顔をした。わたしは一度風邪を引いた。検査はしてないからはやっていたびょうきか風邪かはわからなかった。検査はしなくていいとママがいった。検査なんか、とママはいっていたとわたしは書いていた。検査なんかしなくていい。もちろん病院も行かなかった。行ったところで熱を出して赤い顔をしていたわたしは外で待たされたし、検査をして陽性か陰性かわかったところで「家で寝てろ」しか医者にはいうことはないし、いわれなくてももう家で寝ていたし、寝てたらなおる。わたしはママのいいなりだった。いいなりということはなかった、逆らうべきときは逆らった、そう書いていたのはママだ。ネルが本気で逆らうとぼくは勝てる気がしなかった。何しろぼくよりネルは大きい。大きな大人になったことがぼくはうれしい。

喉が痛くて咳が出て熱が出てだるかった。風邪かもしれなかったけどいつまでも咳が続いたし喉が痛くて死ぬかもしれないこれはあれだ絶対にはやりのびょうきだとわたしは思った。風邪と何が違うとママはいったけどそのときは逆らいたくても声が出なかった。鼓笛隊、とわたしは書いた。ぎゃくたい、と書くべきだった。鼓笛隊なんて字をわたしは知っていた。少しだけやっていた。トゥスィクゥに誘われてした。トゥスィクゥはドラムを叩いていた。先輩に教えられても「はい」とトゥスィクゥはいわないからよく怒られていた。わたしはタンバリンだった。今もタンバリンはすぐ横にある。叩いたら寝ていたごえもんが起きた。ごえもんは十八になる猫だ。「絶対来ちゃダメ」と先生はもちろんいった。来ちゃダメも何もそもそも行ってなかったのだけど先生はそういった。薬を飲んでいればよかったとわたしは思った。でも治った。だけどこういしょうで苦しむ人もいるとタカタカちゃんがいっていたからわたしは運がよかった。こじらせただけだとかいうママにはタカタカちゃんはそっちの話はしなかった。ママは一回も何ともなかった。微熱が出たり鼻がぐずぐずしたり何となく喉が痛くなったりはしたが寝込むほどではなかった。ママの仕事は止まっていた。仕事場のタカタカちゃんは必ず再開すると社長はいっているといってくれていたけど潰れてしまうかもしれなかった。ママに来ていたタカタカちゃんからのメール。

今朝もぼんやり考えていたんだけど、夜寝て朝起きて、毎日こうしているけどこれはいつか止まる。そしてまたはじまるのだとしてもどうはじまるのか、どう終わるのかをわたしたちは知らない。わたしたちの知らない時計ですべては動いてる。それまで宇宙のいいなりで続けるのも癪に障るから自力で止めてやろうとするけど怖くて寝ちゃう。寝たら起きちゃう。仕組みからは出られない。国からお金がもらえるから仕事場は潰されなくて済むみたいだけど社長はずるいことをしている気がするっていっていた。正直者は悔しいね。とにかくグッドニュースを小さなね、それを見つけるのがいい目よクィル

海と空のことをわたしは考えていた。確かにあそこならいいんじゃないか。人はいないだろうし、いたとしてもいるのは海と空だ。広いし風も吹いている。マスクはいらない。わたしは居間から洗面所まで歩いて、七歩。ママの横に立った。鏡の中にママとわたしが

いた。鏡に完全なる見た目は大人が二人いた。もう親子には見えなかった。背はわたしの方が高かった。わたしがママの背を越したのは十八のときだった。わたしのサイズのわたしの設定は百六十とかなのに実際には百八十よりまだ少し大きいママよりわたしは大きかった。

「泊まりがけとかで」

ママは確かいった。海、泊まりがけ、わお、とわたしは確か思った。そのあとわたしたちは海へ向かうのだけどその前後のことを書いたノートが手元にない。「確か」を二度続けたのにはそうした理由があった。ここをわたしはわたしのあてにならない記憶で書いている。

泊まりがけと聞いたわたしは二泊ぐらいするつもりの荷物を用意してママと部屋を出ながらママとママのパパが部屋を出たときのことを思い出していたはずだ。というのもママとママのパパはそのときの様子、二人が部屋を出るまでと、出るときと、出てからのことをくわしくノートに書いていて、わたしはそのノートを海へ出る少し前、昨日じゃなかった、に読んでいたからで、そのノートは今もここにある、だからわたしはわたしたちがどう部屋を出たのかと、ママとママのパパがどう部屋を出たのか書かれていたことを使ってていねいに、重ねるように書こう、書きたかった、なのに肝心の！　わたしたちのことを書き残したものがなかったからそのときのことをすっかり忘れてしまって、しまいには思い出しもしなくなって、何十年も経って、ママも死んで、ムェイドゥも死んで、それでもあれこれ突然思い出したのはムェイドゥが残していたサミュエル・ベケットという人が書いたモロイという本を読んでいたときだった。モロイは人間の名前。

わたしはその本がなかなか読めなかった。本は小説で、ムェイドゥにあちこち線が引かれて、折り目が入れられていて、そこを頼りに読めばよかったし、字は読めたしむつかしい漢字があったわけじゃなかった。モロイはこうはじまっていた。

私は母の寝室にいる。

私というのはモロイ。だけどモロイはそこへ、母の寝室へどうやって来たのかをおぼえてなかった。なのに別のこと、町はずれの、田舎の、野原、丘がいくつもある、雌牛がいる、そういう場所にいたことは思い出せて、そこからずるずる思い出していくのだけど、思い出しモロイは書いていたのだけど、そういうふうに書かれていたのだけど、だけど書いたものをモロイと名づけてそのモロイが書いたように書いていたのはベケットでモロイじゃなかった。アンネは日記にキティーと名前をつけていたけど書いていたのはアンネでキティーが書いていたとは書いてない。

わたしは少しずつ少しずつ何年も、モロイを、何年どころじゃなかった、十年とかもっとかかって読んだ。二章になったらジャック・モランという同じ名前の親子の話になった。どっちの名前もジャック・モラン。モロイはジャック・モラン親子の話に突然変わったけどモロイが消えてしまったわけじゃなかった。ジャック・モラン親子はモロイを探しに旅に出る。モロイを探しに二人で家を出る。そこでわたしはようやく、まさしくようやく、子どものママが書いていた、まだ生きていたママのパパも書いていた、ママとママのパパが部屋を出たときのことを思い出し、わたしとママが部屋を出たときのことを思い出した。

2

前の晩は九時ぐらいに寝て次の日の昼前の十一時すぎにママとママのパパは起きた。すぐに昼になりお腹がすいたので電子レンジで熱くした白米にレトルトカレーをあたためずにかけて食べた。パパは二杯食べたとママは書いていた。クィルは四杯食べて五杯目はがまんしたとママのパパは書いていた。

ママのパパは四十二でママは十一で勉強は苦手じゃなかった。というか得意だった。得意だったけど学校が嫌いだったからほとんど行ってなかった。そのくせ大学までママは行った。パパは窓へ足を向けて床に仰向けになっていてぼくは窓の下で足をパパの足の右へ向けて床で仰向けになっていたとママ。クィルの頭はおれが浜で拾って来てテレビの右の下に置いた小さな流木と石の横にあったとママのパパ。「クィル」とはママの名前でママのパパがつけた。「またぐ人」という意味だとママはパパに聞いたと書いていたけど自信がないとも書いていた。何の自信かは書いてなかった。前はテレビまでも届いてなかった、クィルはたぶんもうおれと同じ百八十とかあった、百八十は大げさだが百七十はあった、少なくとも百六十はあった、百六十ということはなかった、おれは百六十。とママのパパは書いていた。

ストーブはまだつけていた。春だった。

ママが四つのときママのママはいなくなった。ママからメールがパパに届いたときパパは海沿いの工事現場で、道で、車の誘導をしていたけど車が来ないからずっと海を見ていたらトドを見た、とパパは書いていたとママは書いていた。確かにママのパパはそう書いていた。こう書いていた。トドは鼻をときどき海の上に出して泳いでいてカモメじゃない黒い小さな鳥が海によく浮かんでいたからそれがトドだと気がつくまでしばらくかかった。くじらよりずっと小さいから危うくおれは見落としかけた。それでもおれはそれがトドだとわかった。その間一台も車は来ず、携帯電話でトドの写真を撮った。そのときノラからのメールに気がついた。トドの写真をママに送ったのかどうかはぼくは聞いてない。メールにはこう書かれていた。

出て行きます。クィルは残して行きます。わたしなりにあれこれ考えてこうします。心配しないでいい。タカカコちゃんに頼んでいる。困ったらタカカコちゃんに聞いて。

タカカコちゃんというのはムェイドゥのママでムェイドゥというのはわたしのパパ。ママはクィルで、「ぼく」で、パパが「おれ」でママのパパ。ママのママの名前はノラでわたしはネル。タカカコちゃんはタカタカちゃんと似ているけどタカタカちゃんはママが働く工場の人。こんがらがっても別にかまわないと思う。

女という形態にうまれて育って大人とよばれるものになり、仕事につく必要があるのなら何らかの仕事につき、異性に対して興味？ヨクボウ？を刷り込まれた通りに持てるのなら、どこかのきっかけで適当な雄とつがいになり子どもをうみ育てる。「人生」というのはそのようなものだとこれまでわたしは考えていた。子どもが出来たら出来たで親の義務というようなものの意味も意味を持たせる理屈も理解しているつもりでいたし、それを「幸せ」とする刷り込みもおそらく人並みに機能していた。わたしはかつてたくさんの子どもを見て来た。あの子たちに囲まれて過ごしていたわたしは人間が好きでいられた。しかしわたしはそこを出た。

ママのママは小学校の教師をしていたのだけど校長を突き飛ばして怪我をさせてクビになった。その少しあとでママがママのママの中ではじまり育ち、

そしてクィルが生まれてごえもんが死んだ。

ごえもんという名前の猫とママのママはずっと一緒にいた。ごえもんはキジトラの白だと

なぜかわたしは知っていて、たぶんママに聞いたのだと思うけど、ママが生まれてすぐに死んでいるからママは見ていない。それでもわたしはキジトラの白のごえもんというのがずっと頭にあって、もうだからごえもんはキジトラの白で、道で鳴いていたキジトラの白の子猫を見つけたとき、わたしは生まれてはじめて道で鳴いていた子猫と会った、ごえもんだ！　やっと会えたねと抱き上げて持って帰ってママに見せて、ママはまだそのとき生きていた、ママも「ごえもん」といって、やはりママはごえもんがキジトラの白だと知っていた。ごえもんはよく食べるからどんどん大きくなってちょっとした犬みたいになって、病気をしたりしながらも今も生きている。今はわたしの足の横で寝ている。もうすぐ二十歳になる。

思い返せばその頃からこれははじまっていた。わたしはわたしをいちいち「わたし」として考えるようになっていた。絵描きのゴーギャンの絵に『我々はどこから来たのか　我々は何者か　我々はどこへ行くのか』というのがあるけど。ゴーギャン。絵描き。ゴッホの耳を切った人。ゆらゆら空を飛ぶ火の玉を見た人。

ゴーギャンの書いた本のノアノアにはじまってすぐのところに、

奇妙な、ジグザグに移りゆく火を私たちは見た。

と書いてあって、その前に、

海上に、

とあるからゴーギャンの見たのは火の玉じゃなくて火で、海で空じゃなかったし、ゴッホの耳を切ったのはゴッホ自身でゴーギャンじゃなかった。

クィルは今目の前にいる。絵本をかじっている。次見る時は、見られたとして、もうこれじゃない。わたしは大変に無責任だが反省するつもりはない。わたしは反省したいのでも間違いを正したいのでもない。わたしはわたしを赦すのだ。わたしはいつかここへなのかどこへなのかどういう形でなのかとにかくあなたたちへ戻って来るつもりでいます。待っていろといっている訳ではない。それはわたしの仁義で君たちの義務じゃない。わたしのやり直しだ。あなたに罪はない。まずはしばしの別れだ。謝りはしない。ありがとう。元気でね。のら

夕方になり夜は何か作ろうと公園の向こうのスーパーへ食材を買いに出た。スーパーまでの道には人はほとんどいなかった。小さな犬を連れて歩く人がいた。パパに犬が吠えた。犬はいつもパパに吠えた。池が見えてきた。パパの電話が鳴った。非通知設定、出たらクロダだった。パパの仕事の相手。入院しているのだとクロダはいった。風邪をこじらせたらしく死にかけていたといったが死んでいたわけではなかった。

「仕事だ」

モロイの二章ではジャック・モラン父の元へゲイバーというのが仕事の依頼をしに来る。だけどジャック・モラン父は興味が持てない。するとゲイバーは、所長はあなたがいいといっている、というようなことをいう。

わけはおわかりのとおりだ

ジャック・モラン父がゲイバーにいう。

彼はそのわけをあなたにも言ったんだね、とお世辞の匂いをかぎつけて私は言った。私はお世辞に目がないほうだった。

するとゲイバーはこういう。

所長は言っていましたよ、この仕事ができるのはあなただけだって。

ジャック・モラン父はゲイバーの指令を受け入れる。そして出発は今日だといわれて

今日だって！

とジャック・モラン父は大きな声を出す。

ご子息を連れていらっしゃることになるでしょう

四日の仕事だとクロダはいった。四日は長いとパパは思った。これまでは日帰り仕事だった、クィルはどうする、ママのパパは書いていた。続けてこう書いていた。クロダがいった。実は十日前に連絡は来ていた。計算してみろ。十日前、四日の仕事、足して十四。実際は二週間の仕事だということだ。見落としていたのはおれだ。死にかけていたから連絡に気がついたのはさっきだ。何であれミスではあるからいやなら降りろ。降りたらお前にはもう二度と連絡はしない。汚ねえ野郎だとパパは書いていた。他に仕事はねえんだから引き受けざるを得ない。この星は音も立てずに回っているらしいな、クロダがいった。パパが電話を切った。

スーパーは小さくて肉なんかハムしかないときだってあったけどその日は安い豚肉を見つけたから生姜焼きにすることにしてキャベツを買って、酒と醬油とみりん、これは流しの下に置いてあった、を大きなさじ、昼間カレーを食べたスプーンに一杯ずつ、そこへスプーン半分の砂糖、おろししょうが、それが一人前のたれ、たれはパパが作って豚肉が焼き上がってからぼくがかけた。タレにつけて焼くとからくなる。豚肉以外は何も入れなかった。千切りにした半玉分のキャベツと米は六合炊いた。食べながらおれはクロダに聞いたことをクィルに話した。パパがこのときクロダから受けた指令、というか命令、要点、説明は、これ。

四日

的は移動している

白い大きな車

海沿いを北へ向かっている

行き先↓たぶんサキ

米の四合はクィルが食べた。的とは「マト」のことで、人間のことで、その人間は白い大きな車に乗って海沿いを北へ、たぶんサキ、へ向かっていて、パパの仕事はその誰かを、

「探すこと」

サキというのはママが生まれてママのママが生まれた土地で、部屋を出たママとわたしが、結果的に、向かう場所でもあった。サキまで海沿いを通るとして三百キロ以上。これはわたしが調べた。鉄道とバスは通っていたけど誰かを探すのならどう考えても、ジャック・モラ

ン親子は徒歩でモロイ探しの旅に出たけど、

「車がいる」

ここらの人はだいたい車を持っていたのに二人にはなかった。車を持っている知り合いで思いつくのはママの先生ぐらいでママの先生はいつも赤い車で学校に来ていた。ダメもとでパパはトライしてみた。電話をかけたら夜なのに先生はいた。しばらく話してパパが電話を切った。車は貸せないと先生はいったとパパはいったけどもう少し車以外のことも話していた。たぶんママがどうしているかとか、学校には来れそうにないかとか。「はいー」とパパは適当にこたえていたけど先生はきっとそういうことを聞いていたに違いないとこれはわたしの想像で書いている。ママは途中で便所へ行ったと書いていた。ママは書いていた。先生は笑うと顔がゆがんだ。歯がむき出しになって、たばこを吸うから息がくさかった。器械体操をしていたらしくバク転とか出来た。先生より少し背の低い人間と歩いていたのを街で見たことがあった。人間はスカートをはいていた。たぶん女だった。女は先生が話しかけるとうなずいていた。ぼくよりずっと小さかったけどぼくぐらいの歳にぼくには見えた。親子だったのかもしれない。パパは断られた。となるとレンタカーということになるけどパパには免許がなかった。あったけど取り上げられていた。

「運転はできるんだがな」

バスか鉄道。今日はもう寝て明日考えよう、というわけにはいかなかった。四日しかなかった。

「いつから四日？」

クィルがいった。いつからというのはどういうことだとおれはいった。

「今日からなのか明日からなのか」

電話があったのはさっきで、そこで四日しかないとクロダはいったのだから普通に考えればそれは明日から四日という事じゃないか、そうじゃないかとおれがいうとクィルは、

「聞かなかったのか」

といった。聞かなかったし聞かなかったのはそんなものは明日からに決まっていたからだ。

「そこの階段はパパは何段」

とクィルがいった。部屋を出てすぐにある非常階段のことだとおれはすぐにわかったから、

「十八」

といった。おれは数えていた。

「どこから数えた」

「どういう意味だ」

「部屋を出て、階段へ歩いて一段下りて「一」と数えたのか、一段下りて、次踏み出すときに「一」と数えたのか」

「部屋を出て一段下りて「一」だ」

「下はどこが十八」

「下の階に到達したときが十八だ」

「ここを出て階段までの廊下と下の階の廊下も計算に入れているわけだ」

「そうだ」

「入れなきゃ十六だ」

「そうだな」

「四パターンある」

「二パターンだろ」

「ここを出て廊下を階段まで歩いて、一段下りて「一」とはするけど、下の階の廊下を数えないパターンと」

「わかったわかった。しかし四日は今日からじゃない。明日からだ」

確かめろとクィルはいったがクロダの連絡先をおれは知らない。仕事の結果の成否は向こうから聞いて来る。

「仕方がないね。明日から四日。ぼくはどうする」

連れて行くとおれはいった。

「やったー」

とクィルがいった。

パパが紙はないかといったからぼくが机の下からコピー用紙の束を出した。パパは紙の束から紙を六枚出して、横にした三枚を二段に並べてテープでつないで縦にして、横にして、縦にして、三枚足して九枚にして、もう三枚足して十二枚にして、やっぱり九枚にして、六枚に戻して、九枚にして、六枚にして、九枚にして、パパは紙にえんぴつで携帯電話の画面に出した地図を描きうつしはじめた。パパは島の西の海岸線を描いていた。ぼくたちが住んでいたのは星の北半分にある大きな島の西にある町だった。パパは描いた地図を壁にがびょうでとめて、裁縫箱から針を出して、コピー用紙をさいて矢を作って、三つ、矢をママに渡して海ぞい目がけて投げろと壁の地図を指していった。描かれた地図は線の左が海で右が陸だというのがぼくはわかった。海沿い、線のちょい右を狙ってクィルが投げた。海に刺さった。もう一度とおれがいった。さっきより右にクィルが投げたら陸にいくつも書かれた字の少し横に刺さった。「違う」とパパがいった。クィルがもう一度投げた。よく見もせずにママのパパは刺さっていた矢を抜いてもう一度ママに投げさせてまた「違う」といって今度は自分で投げて「違う」といい、じっと矢を、しばらく見て

「的は移動している」

とおれはいった。

「出来るならサキにまで行かずに的に当てたい。けどあてがない」

パパがいった。

「あてがない？」

ママはいったと書いていた。

「ああ」

とパパがいったと書いていた。

「あてがないんなら投げといて「違う」というのは変だべ。あてがないんだら刺さったそこを当たりにしてひとまずそこをはじまりとしてあれするしかねぇべ」

「手のひらにのるぞ。ほら」

うまれてしばらくしたぐにゃぐにゃのクィルをおれの両の手のひらにまだ柔らかかった骨をそろえて立たせてのせてノラに見せたときのことをおれは思い出していた。並びの悪い歯をむき出しにしてノラは笑った。

「やり直すってことはそこじゃないってことなんだから、そこではないってことはわかってるんなら最初からそこをはずしてどこなのかを考えた方がいいべ」

手のひらにのっていたものがいった。

「もう一度いってくれ」

「やり直すってことはそこじゃないってことなんだから、そこではないってことはわかってるんなら最初からそこをはずしてどこなのかを考えた方がいいべ」

それは少し違うとおれがいった。

「そこじゃないとわかっていたわけじゃない。矢が刺さってはじめてそこじゃないとわかった」

「違う違わないの基準がぼくにはないからそういわれてもぼくはああなるほどとはならないよ」

「お前にああなるほどといわれたいわけじゃない」

「勘でやるならダーツは必要だろうか」

「勘だからこそ必要だ」

「ならダーツ信用すれ」

明け方近くになって、いつの間にか寝てしまっていたママが目をさました。パパは起きて地図を睨んでいた。寝ずにいたらしかった。荷物は出来ていた。大きなものが二つ。小さなものが三つ。ぼくが寝てしまってからおれは向かう場所を決めるより先に荷物、テントや着替え、あといろいろ、山の中を歩くわけじゃない、コンビニもある、を作った。それから起きて来たクィルに行き先はまずは川だとパパがいった。川というのがママは不思議だったからいった。

「サキへ行けばいいいんじゃないの」

ママのいうことはだいたい正しいがゆえにいつも間違っているともいえたけどこの場合は合っていた。

3

「私は殺し屋を見たことがあるんです。駅で切符買ってました。釈迦が象に化けた悪魔に脅かされる場面がありますが、それに釈迦が何といったかはおぼえてませんが象には失礼なものいいを釈迦はした。あらわれたのは象ではあるがそれは象ではないから悪魔だから、そのことは釈迦はわかっていたから釈迦はそういった。どういったかはですからおぼえてません」

ママは昨夜は遅くまで起きていた。電話が鳴るのが聞こえて話すのが聞こえて、それから少ししてママは誰かと会ってくると本を読んでいたわたしにいったと書いていたけどわたしはおぼえてなかった。

ぼくはティート（仮）と会っていた。（仮）としたのは自分で書いたものを読み返したときママがそれの名前がどうしても思い出せなかったからで、書き残しはしていたけど名前は書かずに〇〇と書いていて、そんなことをするからぼくは忘れてしまっていて、だからティートとわたしが適当に考えて、ママが（仮）とした。

「校長だって小さなやつじゃなかった。先生よりは小さかったけど私たちよりはずっと大きかった。顔も傷なのか、何度も腫れてこすれすぎたらああなるのか凸凹していた。その顔の色が先生が何をいったのか突然変わった。そして大きな音を立てて校長室へ入った。先生は何かからだから力が抜けていたように私には見えた。怒られたショックで呆然としているのかと思った。先生は静かに手にしていた紙挟みをそこらの机に置いて、靴を脱いで靴下を脱いだ。血色が良く顔が桃色でした。先生は職員室にいたみんなにこういった。

「申し訳ないのですが男性の先生の何人かこちらに来て、やり過ぎだと思ったら止めてください。ただすぐには止めないでください。あなたたちに怪我はさせたくない」

何をいっているのか私はわからなかった。だけどそれでも何人か私も含めて何人かが先生のいた方へ歩いて行った。私たちが来るのを先生は確認してからゆっくりと校長室へ歩いて、数歩でしたが、中へ入って行った。すぐに校長の異様な声がして、どすんと大きな音がした。廊下を子どもが走った。慌てて入って見たらもう校長はうつ伏せに倒れていた。先生は倒れた校長を見下ろしていた。校長から血が出ていた。すぐに私は、私はとっさに先生に飛びつきました。大きなかたい胸でした。」

学校をくびになった後、子どもたちの様子をティート（仮）は知らせてくれていた。最初は喫茶店で話していたのだけどその店が潰れて、仕方なしに静かに話せるからとカラオケボックスへ入ったりしていたのが混んでいてあるときホテルにになった。それからは会うのはホテルになった。二度か三度は何もせず話だけした。四度目か五度目あたりでセックスをした。ムエイドゥはそのときにはもちろんまだいた。それから何度かティート（仮）とセックスをした。

「私はねこんないい方は失礼だけど先生を女性として、性的対象としては見てませんでした、といういい方はしかしどうだ。そもそも私は女性をそう見ているのか。正直にいうとある時までは私はそうでした。私にはある時まで女性は性的対象でしかありませんでした。男性は私の場合性的対象ではなかった。好みの問題なのか好みとは何なのか。誰の好みだ霊か肉か。それらは別物か同じものだろ。いずれにしても私中心主義的な考え方ですが。しかし私は私以外を我がことのように中心に置くやり方を知らない。私は人間でもあるが動物の雄でもあります。人間という種類の動物の雄です。ですからやはり、いやしかししかしそこも厳密にする必要があります。人間という種類の動物の雄であるところの私。その私という人間の雄は人間という動物の雌を性的な対象とする。私という雄は、ですよ。ここは丁寧にしておきたい。笑うところですよ。私は、そうとして見てしまう。見てしまっていた。本能だとはしかし先生、だからか、私は信じてないんですよ。犬や猫ならそうですよ。猿やキジでもいい。本能ですよ。しかし、人間はどうでしょうか。人間に本能なんか残されていますか？　何も知らずに育った男女が生殖活動に入りますか？　母性本能はほんとうですか？　何万羽といる雛の中からペンギンは自分の子を探し出せますが人間はどうですか？　赤ちゃん取り違え事件というのは昔はよくありました。刷り込まれたんじゃないでしょうか。だとしたら刷り込まれなかった人は幸運です。意志の力だとも思いません。私のいいたいことは伝わっているはずです。伝わっているとは思えない。私は盲導犬なのか犬なのか。向こうから似たようなのが歩いて来たら吠えるのが私ですか？　それとも盲人である主人を混乱させないため吠えずにやり過ごすのが私ですか？微妙なたとえに話をまとめようとするこの思考方法がそもそも間違えていますか？　間違えています。たとえ話はだいたいわかりやすく聞きやすいがゆえに間違えている」

電話が鳴って出たらそれがティート（仮）だった。「少し会いませんか」とティート（仮）がいった。わたしは寝る用意をして本を読んでいた。

万物は永遠に回帰するのだ、われわれ自身も万物と共に。そしてわれわれは無限の回数にわたって現に存在していたのだ、万物もわれらと共に。

バンブツを調べた。宇宙の、ありとあらゆるもの。エイエン。無限に遠い未来まで時間的持続の際限のない。カイキ。ある事が行われて、また元と同じ状態にもどること。モロイの石か。石が十六あったとしておこう、つまり四個ずつ、四つのポケットに入っていた。

オーバーとズボンと。

まず、オーバーの右のポケットから石を一つ取り出して、口のなかへ入れる。そのかわりに、オーバーの右のポケットへ、

ズボンの右のポッケから石を一個入れる。

そのかわりに、ズボンの左のポケットから出した石を一つ入れ、

そのかわりに、

オーバーの左のポッケから出した石を一つ。そこへしゃぶり終わった石を戻す。一度もしゃぶる石が重ならないようにするモロイの知恵。しかしそれだと重ならなくはない。四ついつも同じ石ということになるかもしれない。わたしがそう思ったらモロイはそう書いていた。

着替えてぼくは鏡の前にいた。誰とも会わないから白髪も染めてなかった。今から染めるのも面倒だ。相手はティート（仮）だ別にいい。

わたしは書きうつしていた。

だが、わたしが組み込まれていたさまざまな原因の結び目は、——またわたしを創り出すだろう。わたし自身も永劫回帰の数ある原因のひとつだ。

わたしはまた来る。この太陽、この大地、この鷲、この蛇と共に——新しい生に、よりよい生に、あるいは似た生にではない。

部屋を出てエレベーターで一階へ下りて外に出て、ティート（仮）の車を待った。道には誰もいなかった。夏だった。明かりが見えて赤い軽自動車が来た。停まった車からほとんど抜けたまばらな白髪の、むくんで茶色い顔色をした痩せた男が降りて来た。背は縮んで低く骨盤が歪んで右の腰が左より少し上がっていた。

「ご無沙汰しておりました、ティートでした」

とティート（仮）がいった。

「少し走りますか」

嫌だというとティート（仮）は道のはしに車を停めてエンジンを止めてたばこを取り出し火をつけて吸い、むせて咳き込み、消した。

「髪を雑に七三に分けた。何度も洗濯したからだろうくすんだまっ白なワイシャツに、ネクタイなんかしてません。ズボンは確か黒。濃いグレーだったかもしれません。手ぶらです。濃い茶の靴を履いて。ゴム底の。私はじっと見ていたわけではないんです。さっと顔を、私のです、動かしたその一瞬、目玉が見ていた。目玉に飛び込んで来ていた。そして焼きついた。しばらく頭から離れずずっとその姿形を思い出そうとはしないのに思い出していた。とくに何か目立つところなんか何もない。むしろ目立たなさすぎる。私はマチスの絵の実物を見たことがあるのですが、マチスの絵は見ている時は、ああハイハイこれ見たことがある、そんな程度にしか思わないのに見終わって外に出たらその絵が頭から離れない。むしろ絵を目の前にしていた時より見えて来た。厳密にいうと色が迫って来た。男もそうでした。しかし顔だけが思い出せなかった。顔だけ消していたのかもしれません。私がじゃなくて男が。そしてわかった。ああそうかあれは殺し屋だ」

生徒の保護者から変な頼みが来たのだとティート（仮）がいった。

「しかし頼みは断りました。外出禁止だといわれている今、しばらく留守にする。四日だったかな。ついては車を貸せと。いちいちどうかしています」

そして少し笑い、黙って、ぼくの右の手を見た。それからぼくの顔を見た。

「ママ」

わたしはいった。

「間違えてないか」

「車を貸せと電話をしたのはママのパパで相手はティート（仮）なはずがない。ティート（仮）に電話をかけて来たのは確かにママのパパだけど」

ママは病院のベッドにいた。ベッドでいくつも管を繋げられて、喉に太い管を繋げられて、もう話せなかった。ママ。看護師が入って来て何かしていた。看護師は見た目は女だがほんとうは男だ。「ね」とわたしが皆さんに紹介がてらにいうと「違う」と看護師がいった。

「女なのに見た目が男だから戻したのだから見た目のままだ」

そうなのか。しかし見た目は女だけどほんとうは男だ、といったのは看護師でわたしじゃない。あなたは自分でそういった。

「あれ。そうだっけ。へへへ」

ママの閉じたまぶたの下で目玉が動いていた。ママは夢を見ていた。ママなのに、すぐそこにいるのにわたしはママの見ている夢がどんななのかもわからなかった。あなたは、ネルは、ごえもんの見ている夢だという夢を見たといったのはツスィで、書いていた。

どこかへ行くために一度潜らなくてはいけない場所があって、それは夜明けで、やうやう白くなりゆく山ぎは、少し明るくて、紫だちたる雲が細くたなびいていて、ごえもんはやわらかい蜘蛛の巣みたいな木でできた板の上に立って、そこにつながっているロープをぴんと張るまで水の中に潜って行き、そのあとは決して自分で浮上しようとはせず誰かがそのロープを引っ張るのでその力に任せてごえもんはただそのロープにしがみついているだけです。本をめくるときのように目をつむって、潜ったところから抜き出されるのをじっと待つんです。ごえもんはたくさん息をため込んでいた。そしたらクマが潜水しながら出てきてごえもんにいいます。

「ブクブク、ぼくはあなたのお父さんを、ブクブク、ぼくは食べなきゃならない、ブクブク」

父は、

ここでごえもんはネルになっている。

わたしのそれは、父は、ムェイドゥでしたが、残念ながらなのか幸運にもなのか、ムェイドゥは静かにクマに抱かれて死ぬことになるのですが、そうなったときクマに一切逆らおうとしないムェイドゥにわたしが

「少しは争ってみたらどうだ」

とイライラしていたら素っ裸のママが来てムェイドゥを「ばか」と強く叩いた。叩きたい気持ちはわかるが「ばか」は不要だ。実際はパパを、ムェイドゥを叩いたのは、ママのパパなのだけど、そしてその場面をわたしは見なかったのだけど。叩かれてムェイドゥはびっくりした。生まれてから一度も叩かれたことなんかなかったからだ

そこでごえもんは目を醒ました。窓の外にすずめが来ていた。最近はすずめが来ても耳を動かしたりしないよとわたしがいうとツスィは、

「ここではね」

といった。

「これは非常に口にしづらいのですが、というのも誰にも話したことがない。というか話せないのですが。今どうして話そうとしているのかもわからないのですが。ついでに話しちゃおうとしているのですが。娘が中学へ入るか入る前かそのあたり、娘に生理が来た。それからなのですが、それからだったと思うのですが、それからでした。娘の尻にばかり、目が行くようになり。そうなり私は大変驚きましたからなかったことにもちろんしていました。たまたまだ、たまたま目をやると目線、視線？の先が娘の尻なのだ、だいたいせまい家だ、せまくはないが広い家では決してない。私のいる場所もほとんど決まっている。見えるものはだいたい同じだ。その一つだ娘の尻は。その時は必死ですからそう思い込もうとしましたし、しばらくはその思い込みでしのいでいました。

サヨルはその何年か前に死んでいました。サヨル。妻。つま、パートナー？　四十で死んだんです。脳にがんが出来て。突然悪態をつくようになって。最初はびっくりしましたけど病気がそうさせているのだと医者にいわれて。しかしそうは思えませんでした。絶妙な、痒いところに手の届く悪態でした。いわせたのは病かもしれませんがあの観察、解釈、それらは全部サヨルがしていた。細かなところによく気のつく人でしたからね。

「このどすけべ！」

と私に。

「お前はわたしに何度セックスを強要した！」

確かに確かに何度もせっくすはしましたが合意の上だと思っていました。ふうふでしたし。私は大変驚いてしまって、「嫌だったのか」と聞いたんです。すると嫌じゃなかったっていうんです。嫌だったなんていってないと。確かにそうはいってなかった。でも私は考え込んでしまって。私は思い当たるんです。私はしなきゃいけないと思っていたフシがある。サヨルはそれをかんちしていた。感知、ですよ。私は女性といると何かしなきゃいけないんだと思い込んでいた。歪んでいることを承知で話しています。だけど先生、私はどうしてそのような歪みを自分に内蔵してしまったんでしょう。私は常に女を必要とするものではないんです。むしろ私には不必要だとさえいえる。私は風俗店へ行ったこともない。私はあの行為、性行為を醜い、不細工、とする人間です。そう考えすぎてこじらせた人間です。私は父と母がそれをするのを見た。母は苦しそうにしていましたから私は父が母を殺そうとしているのだと思った。お母さん！と私が叫ぶと父が私を見て、あんな顔はじめて見ました。向こうへ行け！といった。怖い顔で。母は布団に隠れていた。それから私は夜になると二人がそれをはじめるのを待つようになった。そしてはじまると布団をかぶって目を閉じて「助けてください助けてください」と誰かに、何かに？助けを求めていた」

ティート（仮）は左の頰をふくらませて、ふくらんだそのちょうど真ん中あたりを、左の人差し指と親指の爪で、ちまちまつまむような形を何度かしていた。一ミリの半分ほど出て来ていたひげをつまんで抜こうとしていた。人差し指の腹で頰を小さく触って、ひげを感じて、そこを爪でつまんだ。抜けた。

「夢を見たんです。私の寝間に誰か入って来た。暗い中で誰かはわからなかった。暖かい手が太ももを撫でた。暖かかったのはむしろ私の太ももだと手の持ち主が思うのがわかった。私の性器は大きくはちきれんばかりにふくらんでいた。相手の性器は濡れていたのがわかった。触らずにです。実際おそらく私の、寝ていた私のもの、いやらしいいい方だな。性器。も、そうなっていた。間違いありません。あれらは連動する。あれらだけが連動するといってもいい。あれら、これら。先生なんかそこらへんどうですか。女性は、というこのいい方は私は嫌いなんですが。男性は、もそうで、くくりが大きすぎる。人間は、の次に大きい。住所を聞かれて「地球です」だなんて誰もいわない。どう説明したところで私以外には理解不能だとすることの実は多くが大きなくくりで語られてしまう驚きは生きる意欲すら奪い取るというと大袈裟ですが私が話を前に進めようとしないことを先生は見透かしています。

突然顔が私の前に、暗い中で。しっかり見てやろうと私はした。娘でした。私は吃驚した。その顔は私は見た。娘の顔も見たが私は私の顔も見たんです。娘を通してなのか説明するのもばかばかしい。無駄な説明ばかりして。私が見た私の醜悪な顔。あんな顔をする人間は生きてちゃいけない。これが私にかけられた呪い。

話を戻しますがしかし夢の私は吃驚していなかった。夢はいつもそう。吃驚したのは見ていた夢を記憶する私で夢の私じゃない。私は夢が羨ましい。夢の私がではありませんよ？　些細な誤解もここはされてはこまる。私が羨ましいのは夢の設定、ふむ。設定だと誤解が生まれるのか。私が羨ましいのは夢の、作り、作られ方、逃げなさ。ルート1（ワン）のみというあの潔さ。夢にはないんです、ルート2（トゥー）とか3（スリー）は。道は一つ。行く道はそれだけ。オバケが追いかけて来たら逃げる。戸は一つ。知らない戸でもあける。あけたら突然海でも驚いたりしない。理不尽、不条理に疑問を呈したりしない。夢の海には何だっているんです。何だっています

とても静かに話を聞いているじゃないですか。温度差を感じます。

私はしずしずと娘のからだに腕を回し胸に触っていた。柔らかい、とても柔らかい。ちくびをつまんだ。娘も私の

すると突然私が分かれた！

上と下に！

上の私は逃げ出した！

が！

下の私は娘といやらしく絡んでいた！

やめろ！！

気がつくと上の私は海の上にいました。小さなボートに上半身だけで。

A man with only his upper body was on the boat.

海はどこまでも海で、空はどこまでも空で、私はボートから手を出し水につけて、水の透明

を堪能していた。なんてきれいな。底まで見えた。

しかし安心してはいけない。

見えてはいるが底なしだ」

ぼくはおしっこがしたくなり、面倒だったから部屋には戻らず道の脇の茂みでした。

「どうですか。昔を思い出して少しいちゃいちゃしませんか。昔のようには出来ないけれど。今からどこかへというのもあれですからここで少し。車で。もちろん先生がそうしたいならですけど」

「シートを倒せ」

とぼくはいったとママは書いていた。おしっこをして戻ってすぐにそういったのか、しばらく考えてそうしたのかは書いてなかった。どういうつもりでそういったのか書いてなかった。

声は出さずに口を「え」にしてティート（仮）はゆっくりシートを倒した、が引っかかってうまく倒れなかった。シートベルトを外せとママはいった。ティート（仮）がシートベルトを外したらガクンとシートが一番下まで倒れた。そして仰向けになったティート（仮）に覆いかぶさろうとママはしたけどそうすると余計にせまく、何しろママは大きい上に車が小さい。

「もうちょっと向こうへずれてくれないか？　そうすれば、たえずこの天井に頭をぶつけなくてすむから」

ティート（仮）は身をドアの方へ寄せてママのスペースを作ろうとしたけど作ったところで数センチ、十センチほどでしかなかった。虫が鳴くのが聞こえていた。夏に秋の気がゆっくり混ざりはじめていた。その気が膨れたとき夏は秋になる。ママは外へ出ろとティート（仮）にいって、二人で出た。さっき小便をしたあたり、の少し先に草のはげた小さくひらけた場所があったのを小便をしながら見ていたからそこへ歩いて、ティート（仮）を座らせて、ぼくも座り、月の明かりですべてが端々までよく見えていて、草は青く、先へ行くほど、明るいうちには見えていた遠くの山の、何度もネルと見た、青く見えていた山の、夜に染められ隠れた黒へつながっていた。ぼくはティート（仮）の肩に腕を回し、引き寄せ、痩せた肩、手をさすり、頭をぼくにもたせかけ、まばらな髪の薄い頭皮のほとんど頭蓋骨なその頭に頬を当てたらティート（仮）は暖かかった。ティート（仮）を押し倒し仰向けにママは寝かせたティート（仮）のズボンのベルトを外して、ボタンを外して、チャックをおろして、パンツに手をかけたけど骨がごつごつ手に当たるだけで肉を感じなかった。パンツをずらせて、あるだろうあたりに手をやると軽くつまめばすぐに潰れてしまいそうな、おそらく睾丸があったがぼっきどころか皮しかなかったから仕方なしに少し皮を触って、つまんで、しばらくさすって、微動だにしようとそれはしないからやめた。犬がいた。何にもつながれず、首輪はしていた。耳のたれた、白い

「おいで」

とティート（仮）がいった。

「おいで」

尻尾は意地でもふらず犬は動かなかったのにママはズボンとパンツを重ねて脱いで、その前に靴を脱いで、ティート（仮）に脚を広げて、

「見えるかね」

とティート（仮）に聞いた。ママの脚の間に白い毛の混じったこんがらがった裂け目があった。

モロイもルースかエディスという名前の人間のそれを見た。ルースかエディスも脚の間に穴を持っていた。ママも持っていた。モロイはこう書いていた。

私がずっと想像していたように丸ではなく、一種の裂け目

アンネは一九四四年一月二十四日の月曜日にペーターに猫のモッフィーの生殖器を見せられたがそれは雄ので雌のじゃなかった。

ティート（仮）が突然激しく咳き込んであわててママから顔をそむけた。ママは舌打ちをしてティート（仮）の頭を捕まえて口に口を合わせた。ゆっくり犬が歩き出して茂みに消えた。

「ぼくはもう長くないんです。どこも何ともないように見えるでしょ？」

そんなことはなかった。

「がんがからだ中に、あまりにそうだから、先生がいうには「あんた自体がもう『がん』と呼んでいいほど」だそうです。動いているのが奇跡だと。キセキ。がんが動いているわけです。余命ってすごいいい方ですよね。今、余りの最中です。それももう間もなく終了します。ほっとしています。聖書のヨブ記を思い出します

何故あなたはわたしを胎から出されたのか、

その時息たえれば、誰もわたしを見なかったろうに。
わたしはいなかったようになり
母の胎から墓へと運ばれていただろうに。
わたしの世にある日はもうわずかしかないではないか。
わたしを離れ、せめて一息つかせてください。

ようやくおわります」

ティート（仮）と別れてママは部屋に戻って台所の椅子に座った。その右のわたしの寝る部屋でわたしは寝ていた。酒を少し、ウイスキーをグラスに、一センチ。二センチ。もう二センチ。ママは飲んで洗面所で手を洗い歯を磨いた。わたしを見たら、口を薄くあけて寝ていたわたしの枕元にノートと本があった。その本を居間にママは持って行った。

だからなかったのだ！

いくつも折り目がついていた。折り目をひらくと薄い線が引かれていた。ムェイドゥが引いたもの。ソファーに座り三つ目の折り目をママはひらいて線の引いてあるところを見た。

綱渡り舞踏家はみずからの競争相手が勝つのを見ると、うろたえ、足を踏み外した。彼は手にした竿を放り出し、その竿よりもはやく、手足をまわしながら、地上へと一直線に堕ちた。

校舎の窓から落ちた子の話をママは聞いたことがあった。その子は机の上に椅子をのせて掲示板に掲示物を貼り付けようとしていた。椅子が傾いたから閉まっていたカーテンに手をついたら窓があいてたから落ちちゃった。ゴボゴボと血を吹いていたと見ていた人はママにいった。からだが上下するから息をしていたみたいだった。

綱渡り舞踏家はまだ生きていた。

「わたしは前からわかってたんだ。悪魔がわたしの足を掬（すく）うだろうということを。いま悪魔はわたしを地獄へ曳（ひ）いていく。あなたはそれをとめてくれるのか」

「誓って言う、友よ」、ツァラトゥストラは答えた。「君が言うようなものは、何もかもありはしない。悪魔もいない。そして地獄も。君の魂は君の肉体よりもすみやかに死ぬだろう。だから、もう何もおそれることはないのだ」

ティート（仮）に読み聞かせるようにママは読んだ。

4

二人で荷物を担いで部屋を出てバスターミナルでバスに乗った。行き先はサキ、終点だったからバスに乗ってパパは寝た。徹夜したから眠たかった。バスが動き出した。空は晴れてはなかったけど曇りだったけど雨ではなかった。バスの行く道の左にポプラの木が等間隔で並んでいた。この道を真っすぐに行けば海に出る。北の春は茶色ばかりでぼくは高揚して興奮して、何度もぼくはパパを起こしそうになって、パパは昨夜寝ていないのだから寝させてあげなきゃと起こすのを思いとどまるのに苦労した。旅行なんてはじめてだった。旅行じゃないけどぼくには旅行だった。客はぼくら以外に二人いた。一人は大きなひげがあってからだも大きかったのは乗るときに見た。大きなものの横にここから薄く座席の背もたれの上に黒く何となくたぶん頭の先が見えていたのがもう一人。パパがいびきをかいていた。大きなものがこちらを見た気がした。

学校で子どもたちを見ていたとき、大きくて頑丈な男の子がいた。二年生で大きいから六年生によく間違えられてた。モーツル。甘えん坊で、家に三匹の猫がいた。寝ると大人みたいないびきをかいた。ミックン、ファール、ヨー、ノーグルイ、ムケエイドゥ、カナカナ、チョーチャッピイ、ノルモス、ヤーギャイ、キリウリッペ、サウル、ネムクス、ゴージエカミーリュ、ユ。みんな思い出せる。思い出すみんなはまだ子どもでどこかで大人になったどの子かに会ってもそれは大人になったその子であって子どものときのその子じゃない。

大学は駅から遠くて、とにかく遠かった。途中に店なんかひとつもなく、駅前にコンビニが一軒あった。冬は必ず一度そこへ避難した。避難してからがまた長いのだけど。友だちもいたけどあまりにも学校がつまらなかったからそこでのことはよくおぼえていない。人間であらねばならないとママが思い込みはじめたのはこのあたりからだったとわたしはこれはわたしのノートにじゃなくママのノートのすみに赤いペンで書いていた。

クラスの子たちをいじめてた子がいた。現場を見たわけではなかったが気はついていた。みんな気がついていた。校長も気がついていた。なのに気がついていないふりをしていた。クラスはトクガクで子どもたちはうまく話せなかった。その子は六年生で私立の中学に進学するのが決まっていた。大きな土建屋の一人息子だった。父親は大きな黒い車に乗っていた。勉強はどの科目もよく出来たけど体育は苦手だった。その子に一度話した。「どうしてあんなことをするの」というようなこと。するともちろん「あんなことって何ですか。何の話かわかりません」とその子はいった。その子はその時点では親に話したりしなかった。説得したいと思っていたわけではなかった。正したかったわけでもなかった。子どもを守りたいだけだった。なのならそういえばよかった。イエスみたいに地面に何か書いたりしたらよかった。この話はヨベルに教えてもらった。イエスが神殿の境内にいたとき、みんなが来たからお話をしていると、みんなが信心していたものの偉い学者が来て、イエスもいちおうみんなが信心していたものを信心していた、そうしないといけなかったというかそのときはそうするものだった、イエスはその中で、それまでとは違うことをいう人だった。みんなには好かれていたが、数は少なかったけど、学者には嫌われていた。しまいには捕まえられてハリツケにされ殺された。殺したのはイエスと同じユダヤ人だったから、アンネがかくれたのも、殺されたのもそのことの報復だともいえたけど、というかそういう人がいるけど、そういうからそうなる。忘れっぽいわたしなら忘れてしまう。歴史にならない。ノートの、それも適当に捨てられ残ったノートの積み重ねにしかならない。それもいつかキエテなくなる。学者はカンツウ、姦通、カンツウの罪をおかした女を連れて来ていた。こういった。

「先生、この女は姦通をしているときに捕まりました。こういう女は石で打ち殺せと、モーセは律法の中で命じています。ところであなたはどうお考えになりますか。イエスを試して、訴える口実を得るために、こう言ったのである。」

するとイエスはしゃがんで地面に指で何か書きはじめた。何を書いていたのかを聖書には書いてない。こたえ方によっちゃあイエスは殺される。イエスは立ち上がりこういった。

「あなたたちの中で罪を犯したことのない者が、まず、この女に石を投げなさい。」

そしてまたしゃがんで地面に何か書いた。人はいなくなった。誰も女に石を投げなかった。女だけが残った。イエスは女にいった。

「あの人たちどこ行ったの。誰も石を投げなかったの」

女がいった。

「はい」

イエスはいった。

「ぼくも石は投げない。行きなさい。もうややこしいことしないように」

というようなことをいったとヨベルはいった。ママもそうすればよかった。そして
「ぼくはあの子たちを守りたいだけ」

といえばよかった。そしてまた地面に何か書いていればよかった。

廊下の奥へモーツルとチョーチャッピィが二人の六年生と歩いて行くのを見た。二人はあの子

とよくいた子たちだった。どっちも活発な、明るい、クラスの人気者だった。一人は空手をやっていた。一人はサッカーをやっていた。廊下はその先で曲がっていて、奥が見えなくなっていた。子どもたちは教師に見られなくて済むからそこによくたまっていた。四人が角を曲ったから、角まで行ってのぞいたらあの子がいた。二人が二人を連れて来るのを待っていたのだ。何を話していたのかは聞こえなかった。チョーチャッピィは楽しそうだった。モーツルは緊張していた。空手が何かいった。あの子は笑ってサッカーに何かいった。すると空手がサッカーに何かいった。あの子が笑った。空手がまたサッカーに何かいった。サッカーが笑っていた。あの子も笑っていた。そして何かいった。すると突然空手がサッカーを突き飛ばした。モーツルが泣いた。チョーチャッピィは真面目な顔をしていた。サッカーが突然こっちに走って来たからあわてて掃除用具の入ったロッカーの横へ隠れようとしたけど入れずロッカーが倒れた。

「先生いる！」

サッカーが叫んだ。仕方がないからロッカーを立て直してから、角の向こうへからだを出した。隠れてコソコソやっていたのを見つかった気分だった。

「何してるの」

というしかなかった。

「何も」

と向こうもいうしかなかった。あの子がぼくをじっと見ていた。

「この子たちを守りたいだけ」

なぜそういわなかったのか。いうべきだった。

「同じようにあなたたちも守りたい」

結局そのあと何をどうしたわけでもなかった。何も行われてなかったのだからそうだ。その日の夕方あの子の親から校長に連絡が来た。「先生がとても気持ち悪くて怖い。脅かす。学校へ行きたくない。死にたい。あの先生は変だ」

校長から注意を受けた。何が起きているかわかりませんかと校長にいった。お前が怖がらせているのだろうと校長がいった。

「子どもを怖がらせていることがどうしてわからないんだ」

そして少し声を落として諭すように。

「女なんだから女らしくしたらどうか。普通でいいんだ。子どもが怯えているよ。旦那さんもいるんでしょ。それともぼくの道場にでも来てみるかね。猛者たちが揉んでくれるぞ。わたしが揉んでやってもいいぞ」

そういって顔を歪めた。笑っていたのだとあとでわかった。

主幹教諭がいってたのは教頭は部内研の在り方について疑問に思っていただけで部内研だからといって手を抜くな指導案の内容云々ではなく一人一人がしっかりと授業検討できるような授業を作れということをいいたかったのか何か知らないけど保健主事が欠員で担任やってるんだけど保健主事は実は研究部長も任されてててその研究部長がなかなかかしこ過ぎてというのは皮肉だけど管理職が研究部長のやろうとしていることを理解できなくてただ突っ込まれている状態なのが部内研にも影響してたし専科の先生は若い先生でもう一人専科の先生はいるけど担任外だし何に所属するのかはっきりしないしだけどその先生にも仕事があるはずでなのにその先生は仕事を断るから専科の仕事しかない。

ママはそんな話ばかりムエイドゥにして、書いて、子どもの話をしなくなった。忙しすぎた。

そして校長をなぐった

温泉にいた。露天風呂だった。三人の女たちが少し離れたところにいた。隣にやせたバンタム級のボクサーのようなからだの男がいた。湯にはいろんな色の小さな魚がたくさんいてはしゃいで跳ねていた。女たちは男の知り合いのようで、男は女たちと目くばせをしながら首を振ったりため息をついたりしていた。女たちは何かいいたいことがあった。男は、

「気にするな」

といった。それを見ていた女がいった。

「なんでやめないの、女がいるんだよ」

「だから?」

「こわいー」

女が温泉の中に顔を沈めながらいった。

「一番楽しんでるのはあなたたちでしょ」

といったけど女たちには聞こえてなかった。だからもう一度いった。

「しかし楽しいというのはいいことじゃないか」

いい方を間違えた。「一番楽しんでるのはあなたたちでしょ」が伝わってないのにそんなことをいったら誤解されてしまう。女たちが笑った。腹が立って来た。何だあいつら。こっちが下手に出てりゃ調子に乗りやがって。湯から出てやる。立ち上がって湯から出たら湯が半分になった。大きな胸に大きな尻。股間に黒々と密集した硬い三角の毛から湯がざーと落ちた。それが見る見る血に変わったから魚はそれまで以上にはしゃいで跳ねた。女たちは黙っていた。踏み潰してやってもいいんだぜ。

湯から出て、のっしのっしと歩いて浴衣を肩に丘の道を歩いていた。夕日の中に牛がいた。緑の丘。

それはみごとなほどなにもない道でのことだった。つまり、垣根も壁もどんな種類の縁取りもなかった田舎道で、というのも、広大な野原では雌牛が寝そべったり立ったりしながら夕暮れの沈黙のなかで草を嚙(か)んでいたからだ。ちょとこれは作り話かもしれない。

太陽は知っていたものよりずっと大きくて白くて赤かった。黒いトゲのある背の低い茂みの中に猿がいた。からだ中に生えた毛はピカピカと黒く、隙間のない筋肉に覆われて、動いてももの音ひとつ立てなかった。家に帰るとママが、ノラがいた。家は古い一軒家で外は風が吹いて雪が降っていた。吹雪になる。

「ママ」

ママが振り向いた。大きなひげがはえていた。

バスは休憩に入ったようでバス二台分ほどの場所に停まっていた。休憩ですと声が聞こえたような気がするけどぼくはそんなことより股間が濡れているような感じがして手を入れたら手に血がついていてびっくりした。驚いたぼくはパパをゆすった。ぼくはパパの両肩に手をかけていただけだったのにそうされておれは首を締められていると慌てて首を絞めていた誰かを突き飛ばした。クィルが反対の席まで飛んだ。大きなひげの人間だった。そこへ大きな、ぶあついからだの人間がずっとそこにいたみたいに来た。大きなひげの人間がパパに手をのしかかるようにして伸ばしたからおれが足で下から斜め上へじゃなく腰を反りからだに芯を通して水平に突き飛ばし蹴ったけどそれはじりっ、とわずかに動いただけだった。

「寝た形の人間に下から突き飛ばし蹴られるなんてことはなかなかないからね」

と大きなひげの人間は後でいった。

「あんたを連れ出すそのことだけをわしは考えていた。あの後わしはあんたから刃物が出て来るだろうと準備をしていた。切られる刺されるは覚悟していた。急所じゃなきゃいい。命を差し出すのはここじゃない、それだけはわかっていた。両腕の肘から上の外側は盾にするつもりでいた。指もくれてやるつもりでいた。いつまでも十本揃っていることを恥じていたところなんでね。そのかわりあんたの腕はもらうつもりでいた。といっても折るぐらいしかわしには出来ないが。可能だったら目、かどこかむき出しの肉の一部。服の上から噛んじゃだめだ。歯を持っていかれる。直にやらなきゃだめだ。突き潰すか噛みちぎってやろう」

厄介な野郎だったとパパは書いていた。

「しかしあんたは強いな」

大きなひげの人間はパパにではなくクィルにいった。

「むしろあんたが殺そうとしていたのかと最初は思ったよ。よく育った」

最初の大きな人間がクィルだとわかって、わかったのに、ここはどこだ！　とおれは大きな声を出した。バスだよとママがいった。おれはびっくりしてしまいごめんなさいと他の客、といってもいたのは大きなひげの人間、はパパの前にいたし、大きなひげの人間の隣の席のいまだ動かずの普通の人間、そして運転手。それでも車内は騒然としていて、というか騒然としていたのはおれだった。

「寝ていたものですから！」

通報されずに済んだのはされずに済むほどには謝ったということだった。クィルから鼻血が出ていた。ママは手でそれを押さえていた。「止まらないか」と大きなひげの人間がいった。主語がわからずぼくは大きなひげの人間の顔をじっと見ていた。大きなひげの人間は自分の席に戻り隣にいた普通の人間から白いものを出した。タオルだった。それをクィルにくれた。

パパは不機嫌になっていた。不機嫌な顔をする以外に何がある。バスをひとまず降りて、というかその時点ではバスは降りていたのだけど、あちこち痛かった。ぼくがつかんだからだった。ママも痛かった。再発車まで少し時間があった。おれは腕時計を見てから、腕時計なんかしてなかったけど、しばらくあたりを見回し誤魔化すつもりで、

「駐車場を見る」

といって、すぐそこに見えていた駐車場までゆっくりと移動しはじめたけどふりだった、的を探すふり、そこからでも駐車場に車が一台もないのはおれにはわかっていたんだ。

二人がいたのは川の北、といってもそれが北で、厳密にいえば、北北西で、対岸が南、南南東、になるのだとは二人にわかるはずもなく、わたしは地図を見て補足しながら書いている。だけどわたしは昔から地図が苦手だ。ある土地の形を描いているのが地図だとわかってはいたけど、散々そう教わった、しかしわたしはその土地の形を地図で見るように、上から、見たことがなかったからここがあそこだ、といわれても長い間意味がわからなかった。今もわかったわけではないが土地と地図とは別物だということがわかった。二人がいたのは地図では巨大な川を真ん中に通す広大な土地だった、二人に戻せば人間が暮らしていたから木より背の高い建物だってあった。川は秋になれば鮭が来たのが岸からでも見えた。鮭には地図はわからないが生まれた川が教えられなくてもわかる。二人は車のいない駐車場を横目に浜へ向かった。浜へはすぐそこに見えていた小高い丘を越える必要があったから、小高いその丘からなら川の北の全体が見渡せるかもしれない。しかしママのパパでもさすがにまさかここに的がいるとは考えてなかったし、本気で探す気もなかったから、見渡したりもとくにせず、見渡せなかったし。二人は浜へおりてしばらくそこにいた。かもめとうみねこがいた。あれらの見分けはつくんだろうか。「パパ」とママはいった。さっきはごめんとパパがいった。

「ぼくは生理がはじまったみたいだよ」

とクィルがいった。

5

家を出て車で海に向かっていた。ママが運転。昼になりお腹がすいてハンバーガーにしようかとママがいった。「何にする」とネルへぼくが投げかけたのと同時に右の黒い車がすっと動いたからネルは聞きそびれた。空は晴れて雲はなかった。空の青は空気がそうさせているとわたしはママにいつか聞いた。空気がなかったら空はいつも夜だ。とても暑かった。ママがスマホに白いコードをつけて電源にさした。わたしはスマホやあれこれにつく白い充電のコードが大嫌いだ。わたしはわたしが部屋を出るとき、電気スタンドのコンセントを抜いて来たかどうかが気になりはじめた。ガスやら窓の鍵やら全体のことはママがした。わたしは布団をたたんで、持っていく本を選んでいた。キティーにするつもりでかばんの上に置いてあったのをやめて、モロイにして、ついでに名づけえぬものも入れて、名づけえぬものもベケットが書いた小説だ。名づけえぬもの。ちなみにこれももちろんムェイドゥが置いていった本で、モロイと名づけえぬものには訳がいくつかあって、ムェイドゥが置いていったのは古いやつで新しい訳の方はわたしが買った。だからどちらも新旧の訳でそれぞれ二冊ずつあった。他にもあるのかもしれないけど知らない。わたしはムエイドゥが置いていった古い訳の方が好きだ。黒い車のいたところへ黒い車が入って来た。そしてどうしてそのタイミングで何かいうのかママが何かいった。

「何にする」

「ダブチ」

どこなのか、いまは？　いつなのか、いまは？　自分にそれを尋ねるのではなく。私と言うばかり。考えるのはやめて。

これが新しい方、名づけられないものの出だし。題からして違う、古い方、名づけえぬものの出だしはこう。

はて、どこだ？　はて、いつだ？　はて、だれだ？　そんなこと聞きっこなしだ。おれ、と言えばいい。考えっこなし。

わたしは古い方がいい。題も古い方、名づけえぬもの、がいい。キティーにした。

ママがダブルチーズバーガーと普通のハンバーガーを二個とフライドポテト、ポテトはそれぞれに一つずつと、チキン、飲み物はアイスティーとコーラ、コーラはわたしだ、を持って戻った。包み紙を雑にやぶいてわたしは駐車場であっという間に食べた。ママは食べながら走らせながら、そうするのがぼくは好きだった。ナビの画面の上が青かった。海だった。海が近かった。だけどまだ実際の海は見えてなかった。見えてないが近かった。わたしはキティーを読んでいた。「酔うよ」とぼくはいったがわたしには聞こえていなかった。

信号が黄色だったからママがブレーキをかけたら、ごつんと衝撃が来た。振り返って見たら黒いワゴンが真うしろにくっついていた。黒いワゴンから白髪とサングラスが降りて来た。中にまだ三人いた。全員マスクをつけていた。白いやつ。中の三人も降りて来た。太ったのと、色が黒いのと、髪が黄色いの。黄色が車の中のわたしをじっと見ていた。わたしは気持ち悪くなっていた。音がしたから顔を上げたら黄色がマスクをずらして口を見せていた。ママは車を降りていたからママと五人が立っていた。白髪はママを見上げていた。サングラスはママから少し距離を置いてやはり見上げていた。太ったのはわたしたちの車のうしろを見ていて、黒いのもそこにいた。黄色は変わらずわたしの横にいた。わたしは窓をあけた。ゆるい生暖かい、というか熱い風が吹いていた。わたしが吐いた。黄色が飛びのいた。

「犬じゃねぇのか」

黄色がいった。わたしは吐いたらすっとして咳が出た。

「マスクすれ」

少しして警察が来た。パトカーに乗って白いマスクをした警察官が二人。誰かが呼んだがママじゃなかった、ママのスマホは線がつながれたまま車にあった。ママと白髪が眼鏡をかけた大きな、しかしママより小さな警察官と話していた。黄色が車のうしろにいた太ったのに何かいっていた。ママと警察官が話していた。

モロイは足がうまく使えず松葉杖をついていた。そして自転車に乗っていた。城壁の下についたモロイは自転車から降りた。

町にはいるにも出るにも、警察は、自転車乗りがサドルからおりることを、自動車はギヤをローに落とすことを、馬車は並み足でしか進まないことを要求している。

だからモロイは松葉杖を使いながら自転車を押していたら警察官があらわれて「何をしている」とモロイにいう。

休んでいます、
とモロイはいう。なのに

質問に答えるんだ、と彼は叫んだ。

　モロイの休み方に問題があったとモロイは書いていたとベケットは書いていた。自転車から降りて、自転車をどこか邪魔にならないところへ立てかけでもして、自分はその横か近くで自転車のサドルに手をかけるなり、壁にでももたれるなり、座るのは厄介だったのかもしれない足があれで。しかしいくらでもやりようはあったはずで。だけどモロイは自転車にまたがったまま、休むまでは降りて押していたのに松葉杖まで使いながら、なのにまたがり自転車に、両腕をハンドルに置いて、そこへ頭をうつ伏せに、うつ伏せにだ。あお向けにはなれない。そんな形で休んだりするから警察官に声をかけられてしまう。書類を見せろといわれてしまう。免許証とか何かそんなようなもののことだたぶん書類というのは。後部座席で前のシートの背もたれにおでこをつけて下を向いていたわたしをママが車の外から何度も呼んでいた。ママがわたしに手帳を出せといった。渡すとママはそれを警察官に渡して警察官がそれを見た。運転してたのはわたしだとママがいった。ママは「わたし」といっていた。

　すぐ近くに警察署はあった。看板はなかった。そこが警察署だとわかられないようにした、そのような場所だったのかもしれなかった。中は暗くてすべてが石で、冷たくて、音のしない、とネルは書いていた。ときどきどこかから笑い声がした。先導して歩く警察官以外誰もいなかった。黒いワゴンの人たちはいなかった。わたしは便所へ行きたかった。警察官に便所はどこかとママが聞いた。警察官はわたしのすぐ横にあった戸を指差した。わたしが入ろうとしたら「そこは女便所だ」と警察官がいった。戸は二つあった。赤い三角と青い逆三角がそれぞれの戸に描かれていた。わたしが入ろうとしたのは赤い三角。わたしは男便所へ入った。「立ってするのか座ってするのかが見ものですね」と警察官がいった。ママはよく聞き取れなかったから警察官の顔を見た。警察官は意外そうな顔で、

「立ってするのか座ってするのかが見ものですねといいました」

ともう一度いって、眉間にしわを寄せた。

わたしはもちろんそのとき便所にいたのだから警察官が何をいったのかは知らなかったがわたしが便所から出たら警察官が、

「今朝ようやくわたしは家を出たんですよ」

といった意味が、ママが警察官がそういったというのを聞いてやっとわかった。

「そういったって何。何を聞いて?」

だから警察官が

「立ってするのか座ってするのかが見ものですねといいました」

といったというのをママに聞いてとわたしは書いた。わたしは座ってした。

「誰に」

ママがいった。ママにとわたしは書いた。

「誰が」

けいさつかん。続けて警察官はいった。

「旦那がいましたがくだらない男で。手は上げないがいちいち上から目線でうるさい。上に立たなきゃ不安なばかでした。父がすすめた相手でした。父の後輩でした。家を出て実家に戻りましたがわたしはあんなばかをわたしにすすめた父を許していたわけではなかった。なのに父は暮れに倒れて寝たきりになってしまった」

「誰が」

とママがいった。

「父がです。父ですよ当たり前じゃないですか」

と少し腹を立てたような調子で警察官がいった。そしてこういった。

「失礼なことをわたしはいったな、という思いがどう作用したのかそんな私ごとを口からもらしてしまいました。いい訳です」

「よくわからないな」

とママがいった。

「家を出たというのはどこの家」

父の後輩でありわたしの配偶者でもあったばかと暮らしていた家、とわたしは書いた。そういっていたじゃないか
「誰が」

警察官、が

「立ってするのか座ってするのかが見ものですねといいました、っていったのは誰」

警察官！

何度か階段をのぼっておりた。廊下をしばらく歩いて、また階段をおりてのぼって、ようやく明るい大きな部屋に出た。正確には、入った。窓から海が見えていた。「あそこへ座ってください」と警察官がいった。「そこへ」とはいわなかったのは小さな机と椅子が遠くの壁際に置かれていたからだった。下に黒い、こげ茶の、刀、木の、木刀、ぼくとう、があった。木刀には何か描かれていた。小さな蛇がたくさんでつながったり重なったりしていたように見えたけど字だった。細い針のようなもので削って筆で書いたものに似せてそこにインクか墨が流し込まれていた。セコい。

此太刀者無覗他流則アトウゴ山大権グエン夢中御相伝之大事也

「この大刀は他流を覗くことなく、すなわちアトウゴ山大権グエンから夢の中で御相伝いただいた大事である」

と低い、たぶん男の声がいった。いつの間にか目だけ出た黒い頭巾で黒ずくめの痩せた、背の低い人間がわたしの後ろにいた。人間の後ろにもたくさんの人間がいた。どれも黒ずくめで黒い頭巾をしていた。

しかしわたしはそれら黒頭巾たちに気づく前に、むつかしい話、木刀の話を何度も聞き直したはずだった。じゃなきゃこんな複雑な話、というか言葉、を一回でわたしが聞き取って書いたとは思えない、けどわたしにはそんな場面の記憶がない。何ですか？　もう一度、と書いて見せてわたしが書き取れるように何度もいってもらったりしたおぼえがない。なのに書いていた。ママは書き残していない。ママはここどころか警察署でのことを書き残していない。わたしは何度もわたしたちのノートを読み返してみた。何度読み返してもママは追突されたところ、そして次は、このあとわたしたちは海へ出て、しばらく走らせガソリンがなくなりあわてるのだけどそこは書かれてあったけど警察のところは警察へ行ったということもママは何ひとつ書いてなかった。捨てたわけでもなさそうだった。というのも事故のすぐあと、男たちに名刺をもらい、車の傷も大したことなかったし、小さなこすり傷、そんなものはそれまでにもいっぱいついていた、二人ともどこも痛くなかったし、それはそうだ、だから何かあれば連絡をくれといわれたと書いていて、警察を抜かして！　そして海に出て、ガソリンがなくなるところは書いていた。

空にはドイツの飛行機がぶんぶん飛びかっていましたけど、そこに立っていると、これでもわたしはほかのだれにも頼る必要もない、一個の独立した人間なのだという自覚が湧いてきました。すると恐怖心も去り、いつしか空を見あげて、すなおに神様を信ずる気持ちになっていました。

一九四四年一月三十日。アンネは倉庫へおりる階段の上にいた。
しばらく階段のてっぺんに立っていましたが

わたしは何度も隠れ家の写真と、中がどうなっていたかの絵を見た。図解、と書かれた絵。おそらくこの階段のことだろうという階段をわたしは指でさした。そこはもちろん屋根の下。そこへ飛行機が来た。

いつしか空を見上げて、

アンネはそう書いていた。

いつしか空を見上げて、

そしてこう書いていた。

すなおに神様を信ずる気持ちになっていました。

わたしは思うにキティーは日記から小説になりかけていた。アンネは何度も小説を書こうとしていた。一九四四年四月五日水曜日。

文才はあると思っています。わたしの書いたお話には、ふたつばかりいいものがありますし、《隠れ家》のことを書いた文章には、ユーモアもうかがえます。「エーファの見た夢」は、わたしの書いたお話のなかではいちばんよくできていますが、奇妙なことに、その着想をどこから得たのか、自分でもよくわかりません。「キャディーの生涯」にも、けっこういい部分はありますけど、全体としては、たいしたものじゃありません。

わたしはアンネはキティーで助走しながらなるべく自然にキティーが小説になるときを待っていたのだと思った。倉庫へおりる階段の上で空を見上げることは出来ない。上には天井しかない。なのにアンネは

いつしか空を見上げて、

と書いた。いつしか、と書いて、空を見上げて、と書いた。アンネは空を見上げたのだ。そしてそこにはドイツの飛行機がいたのだ。下からの火の光を受けて赤や白や青に光る銀の大きなイナゴのようなそれを見たのだ。イナゴなんてわたしはそんないいかえ方、どこでおぼえたのだろう。わたしの言葉は全部そうだ。言葉がわたしに来た。わたしはどこかの空を飛ぶその

銀のイナゴを想像してみた。言葉がその想像をさせた。バクゲキキ。アンネにわたしはぞっとして興奮した。

掛け声のようなものが鳴って、全員が動き出し止まって、机の置かれた方へ向けて正座した。遠くの机と椅子の前でここへわたしたちを連れて来た警察官がわたしたちを待っていた。黒頭巾たちがわたしたちを見ていたのをわたしはわかっていた。わたしたち以外全員が鼻と口をかくしていた。鼻と口がむき出しになっていたのはわたしたちだけだった。

見ろよあの奇妙な人間
鼻と口を恥ずかしげもなく見せて
不気味なもんだな鼻と口というのは
不気味で無責任な上に、はしたない
ころせ

わたしの手を引いて、すっと肩の力を抜いて、ふぅと小さく、ママが息を吐くのがわかった。

しっかり握られていたのにママの手はふわふわだった。それからゆっくりと、黒頭巾たちの前をわたしと手をつないで歩いて、机へ向かった。それは少し奇妙な歩き方に黒頭巾には見えた。何しろママは足を上げずに歩くものだから、足を引きずり歩いていたから、なのに音を立てずに歩いていたからかすかに浮いてすべって移動しているようにナチスには見えたから静かにざわついていた。ママはやつらをわざと刺激していた。わたしにはそれはあえてだということがわかっていた。ママは仕掛けていた。椅子に座ったママに白い紙を指しながら、そこへ名前と歳を書けと警察官がいった。わたしは横目で人数を数えてみた。まずは右。七人。左。四人。お尻をかくふりをして後ろ。五人。計十六人。四、五人までならわたしとママで、捕まえられた猫みたいに暴れれば隙は作れるけど、こんなにいたら最終的には勝ち目はない。ましてや相手はくろうとだ。しかし何もせず制圧されるわけにはいかない。誰に命じられたわけでもないが歯向かいもせず屈服するわけにはいかないのだ。一人にしぼるしかない。右の二人目。あいつにしようとわたしは決めた。どれも同じ格好で目だけ出しているからどれと書いても仕方がないが、どれも同じだが、よく見ると違いがあった。わたしたちにたぶんもっとも近い右肩の少し下がった、両手のこぶしを強く握っている、からだに力が入っている右にいたあいつ。その横は手は柔らかくひざの上にあったから、肩が落ちていて、無駄に力が入っていない。あれは厄介だ。

「力の抜けているものには注意しろ」
ママがよくいっていた。ママはママのパパからよくそう聞かされていたといった。どれをやるにしても奇襲は使えない。襲いたいわけじゃない。やられるだろうから反撃するのだから先に来るのは向こうだ。ひこくみんめ、と向こうはやるならやるつもりだ。ヒコクミンだ、と仕掛けたのはママなのだが。しかしもしかしたら黒いワゴンのあのものらからこれははじまっていたのかもしれない。

「あなたがびょうきにかかるのは勝手よ」

先生はいった。かかってないとわたしは書いた。

「検査もしていないのにどうしてわかるの？　あなたがしんどくなくてもかかってたら誰かにうつしちゃう。だから常に注意をし続けなければならない。毎日ってわけにはいかないけど理想をいえば毎日の検査。そのためにお国はお金を出してくれている。こう考えてればいいの。わたしは誰かにとっての害。人に迷惑をかけないようにしましょうってよくセンターでもいっていたよね？　だから誰にも近づかないようにしましょう。たいした用事がなきゃ家にいましょうといっている。どうしても出るならマスクをね、先に検査をね、といっている。お薬を飲みましょうねといっている。ニーチェもあなたが読んでいるツァラトゥストラに書いている」

お上をうやまい、服従しなさい。お上が曲がり、間違っていても！　よく眠るためにはそれが必要だ。権力はとにかく曲がった足で歩くものだが、このわしに何ができるというのかね？

だけど先生、それはツァラトゥストラの言葉じゃない。そう話す誰かの話をツァラトゥストラは聞いている。先生が話すのを聞いていたわたしのように。

「人間だからね。間違うときもあるけど大事なのは、そのとき何が正しいとされているか。

何が正しいかじゃないよ？

何が、正しいと、されて、いるか」

警察官に手渡されたペンでゆっくりと、丁寧に、筆圧強く、名前と歳をママは書いた。書かれたものをじっと見て、わたしたちを見て、もう一度書かれたものを見て、それから黒頭巾たちを見て、警察官がゆっくりとマスクをはずした。別人に見えた。というか別人だった。鼻は低く、閉じた口から前歯が少し出ていた。少しじゃなかった。かなり出ていた。マスクでかくされていた頬は赤くただれてこんもり腫れ上がっていた。ママが立ち上がった。そしてわたしの手を引いて来た方へ向きを変えてわたしは驚いた。黒頭巾たちがいつの間にか黒頭巾をぬいで、顔を出して、寝転がったりするものもいて、笑うものもいて、大人しくしてなさいときつく誰かがいうのが聞こえたけどもういいよともいわれていたのか、だからそれぞれ好きにしていて、警察犬が「犬」に戻っていた。そしてそれは「ひと」にわたしには見えた。警察官がマスクをはずしたのがきっかけだったのかもしれないなとわたしは思った。あのとき警察官がどうするかでわたしたちの運命は変わっていたのかもしれなかった。だとすればわたしたちは警察官に感謝しなければならなかった。もし違う態度を警察官が見せていたらわたしたちは戦わなければならなかったんだから。そうなれば無傷で済むなんてことには絶対にならなかったんだから。わたしたちは部屋を出て、廊下へ入って、わたしはお礼を伝えなければと、歩きながらノートを出して、

ありがとう

と書いてママに見せたらママは、

「どういたしまして」

とトンチンカンなことをいった。歩きながら警察官が話し出した。

「父は軍隊にいました。軍隊とは世間では呼びませんが軍服を着て鉄砲を担ぐのですから軍隊

です。毎日号令に合わせて腕立て伏せや腹筋体操をして、走って。わたしは子どものころから剣道をやっていました。市で優勝したこともあります。父は無口で音を立てませんでした。兄がいますが兄は中学のときから一切部屋から外に出なくなり今も部屋から出て来ません。兄は耳が聞こえません。そうした兄に父は怒るでもなく、わかるよと声をかけるでもなく、ただ黙って、しんぼう強いというのとは違って、かといって無関心、興味がない、というのとも違って、ただ見ていた。小さくはないが大きくもない二階建ての一軒家を父は建て、建てたのは工務店ですが。それなりに広い庭もあります。ここらは土地だけはありますから。庭に、死ぬ前の母と、母は死にました何十年も前に、二人で静かに手を入れていたのをよくおぼえています。母が死んだ後は父は一人で。桜の木があって、五月になり花が咲くとその下で父は一人で花見をしていた。しみったれた。わたしは桜が大嫌い。咲いては散って、実もつけない。種を作ることも出来ない。人の手で作られたかたわ。春はまだ寒い。ここらは海が近いからね。夜はまだしばれるよ。財産というほどのものはありませんが、わたしたちに残されるものはなくもない。とにかくそう作られた人間が父です。その作られた人間が選んだ男とわたしは一緒になった。作られた人間が選んだのだからその人間も作られたものでしたもちろん。兄はあのまま死んだらいい。兄は少なくとも父に作られることは拒否した。聞こえなかったのがもっけの幸い。父に作られることを運よくというのか回避した兄は長生きをきっとする。してしまう。そしていずれ兄は「兄」になる。ここでいうわたしの「兄」というのは属性としての、という意味ではありませんよ。わかりやすいようわたしは兄を「兄」と呼んでいるだけでわたしが話すのは一人の人間の話です。わかりませんか。一人の人間がその人間になる、とわたしはいっている。ああしたやり方をわたしも試してみようかと思わないではないけれど、どうして世界はこう作られているのかと思わないではないけれど、わたしがそう思うのもそう作られた世界の中のわたしが作られものだからで、だとすればわたしからはじまる世界はそうじゃない、理想とするものなんかわたしにはありませんがこうではない。父は寝たきりになった。お世話をしてくれる人はいる。わたしの番だ。わたしはわたしの馬力を使ってあの家を出た。それだけの話です」

6

海は水平線の向こうまで白波を立てていた。空は薄く白く、青かった。太陽はわたしの真上の少しうしろの左にいて、影は短く右の下、ネルは浜に立ち、海にからだを向けていた。ママはガソリンをどこかで入れようと家を出るときから考えていたことをぼくは波打ち際で小さく上下していた赤白いポリタンクを見ても思い出せずにいた。波は引かずに小刻みに押されて寄せてだけ来ていたようにわたしには見えていた。南で大きな地震があったとき津波も来た。げんぱつが爆発した。ネルはぼくとずっとげんぱつが爆発するのをテレビで見ていた。とママは書いていたけどわたしはげんぱつが爆発したとき寝ていた。間もなく爆発するとタカタカちゃんがママに何度も電話をかけて来ていた。電話がつながったのは「キセキ的だ」ったらしい。テレビでは爆発するなんていってなかったのにタカタカちゃんはそういっていた。爆発したよと寝ていたネルは、ママに起こされた。爆発したのは「たてや」で肝心なところは問題ないとテレビの人がいったとぼくが説明したとわたしは書いていた。「めるとだうん」とタカタカちゃんがいっていたとママがいった。テレビではいってなかった。大変なことになったとわたしは思ったが何がどう大変なのかはもちろんわからなかったし、わたしは何に対しても何もわかってなかったし今もわからない。わからないままカンレキになった。その日からわたしはマスクをした。ママはしたりしなかったりした。マスクをしたわたしへ先生はなぜそんなものをしているのといった。わたしが「ほうしゃのう」と書くと先生は笑っていった。もし仮にそんなものがここらにまで来てるとして、そんなペラペラなもので防げるはずがない。

「それにだいたいそんなものは来ていない」

マスクはしどころがむつかしい。

車に戻りエンジンをかけて、暑かったから冷房をつけた。いつぐらいからかわたしたちの暮らす島の夏がとても暑くなった。家に冷房はなかったからどうにも暑くて仕方のない日は車で涼んだ。二人で前を見ていたから話しやすかったのか部屋にいたときよりママは話した。

どこへ行こうか。ナビをぼくは指で動かした。海沿いの道を、北上すればサキ。ママがかつて暮らしていた土地。ママが生まれてママのママが生まれたところ。ママのママが出て行ったところ。ママとママのパパが向かった町。わたしも何度か行ったらしい。わたしがまだ小さな人間だったとき。ママがそういった。小さかったとき。たとえば赤ん坊というようなときのこと。それを「わたし」としてわたしは聞かされるというか話されるのを聞くけどわたしにそのときの記憶はないからわたしは別のどこかの誰かの話としてなるべく聞くようにしていた。じゃなきゃほんとうだと思ってしまう。というかおぼえていたことのようにして書いてしまう。

「サキへ行こう」

サキはどこよりも冬は雪がすごくてずっと風が吹いていた。ママの暮らしていた家は坂の上の古い二階建てでフブキの時は揺れた。二階の部屋の窓から家々の屋根の隙間に海が見えていた。海の色はこく、夏でも水は冷たかった。夏には浜にたくさんの人がいたけど海の水で遊んでいるのはぼくは見たことがなかった。冬は屋根から雪が落ちて家の窓がかくれるほど積もり、二階の窓の下まで積もって、戸なんかあかなくなるから二階の窓から出入りした。家には庭があった。家賃は一万円で、パパが書いていた、窓はさびてあきにくくて、一階の奥にトイレがあって、ぼっとん便所で、庭のまん中に大きな木があって、その木の下でかみをきりました。かみはパパが切ってくれました。ななめにかたむいた家でボールを置くところがりました。カエルも出たし、わらじ虫、ミミズ、くも、ねずみ、いろいろないきものが家にいました。あれるつめたい海、波が高く、波の音も大きい冬の海。ふかくつもる雪で遊びました。雪のすきまからアスファルトが見えるとみんなよろこびました。黒いアスファルトは日をためこんで温められてそこから雪がとけ出し、白に土の、泥の、茶がまじり、広がりゆるんで、黒がまじり、そこら中水びたしになって、春の気がじゅうまんして、フキノトウだけが気持ち悪く黄緑に光りはじめて春です。

雪みたいに白くておまんじゅうみたいなぽっちゃりとした友だちがいました

ムエイドゥといいました

ムエイドゥはあまりしゃべらず、うんとかいいよとか、いいねそれとかいって、ことわることがありませんでした

ムエイドゥはお母さんと二人くらしでした

ムエイドゥはよくうちにとまりに来ていました。早起きしてムエイドゥにたまごやきと、食パンをほうちょうでくまの形に切り抜いたサンドイッチを作ってあげました

ムエイドゥは、あ、おいしいよ、といいました。カップラーメンを食べたこともあります。おゆを入れてあげると、あ、ありがとう、といいました

二人でサイジョーに行ったとき、二人で服とかくつとか見て楽しかった
そのままかいだんに座ってたくさん話した
ムェイドゥのパパの話を聞いた
ムェイドゥのパパは外国のビルの上から飛んで死んだ。ムェイドゥはその窓をママと見に行った。いつかだからムェイドゥもその窓から外へ落ちるとかいうからそんなことをいってるとほんとうに落ちちゃうよとぼくはたたいた

ママはすぐに叩く。そしてムェイドゥは落ちた。

ぼくが小学校二年か三年の頃、ぼくはサキをパパと出た
出るときタカカコちゃんが電話してねといった。その横にムェイドゥがいた
だからときどき電話で話した

ムエイドゥは気がついていた
○○のこと

ノートの余白に流れとは逆むきに、ママはそう書いていた。○○とママは書いていた。誰かにもしかしたら見られることを考えて、ママ。今あなたの横でわたしはこれを読み書きうつしている。伏せるつもりで○○と書いたのだろう。それをわたしは読んでいた。おそらくそれは○○はティート（仮）だろう。間違いない。知らないけど。

サキを離れてからムエイドゥへは電話はいつもぼくがかけた。たまにお手紙も書いた。ムエイドゥは学校に行ってなかった。ぼくも行ってなかったけど大学に行こうと思うとぼくはムエイドゥにいった。ムエイドゥはいくつになっても身長が百五十ぐらいで白くて太っていた。切れ目なくたばこに火をつけていたから歯は黄色く茶色くなっていた。お酒は飲まなかった。ぼくも飲まなかった。大学のときぼくははじめてセックスをした。相手は同級生のムラタナ。ぼくより大きい、大学で一番大きい、バスケットボール部の補欠だった。付き合っていたわけじゃなかった。ぼくはしてみたかった。して、別れて、喫茶店でコーヒーを飲んでいたときパパが交通事故にあったと連絡が来た。夜だった。タカカコちゃんに電話した。ムエイドゥも電話に出た。うんとしかいわなかった。パパは即死だったと医者がいった。明け方サキから車でタカカコちゃんとムエイドゥが病院に来た。ムエイドゥはずっとそばにいてくれた。それからしょっちゅうムエイドゥは会いに来てくれてそのままいつの間にか一緒に暮らすようになった。パパの寝ていた場所でムエイドゥが寝るようになった。セックスは何度かしてみようとしたけどうまく出来なかった。ムエイドゥはぼっきしなかった。ぼくは教師になった。

教室に入るとマールが「先生おはよ」といって昨日テレビで見たシャチがくじらを群れで襲って食べる場面の話をしてくれた。ぼくもシャチに食べられる？　とソウスイがいった。

ケイジューの家で飼っていた猫が死んだ。みんなでどんな猫だったのかケイジューが話すのを聞いた。ケイジューの猫はそばが好きだった。ぼくもそばが好きとドゥランがいった。わたしも好きとクマメがいった。そばはおいしいからねとネメイがいった。ぼくもそばに食べられる？　とソウスイがいった。

ライゴが学校に来なくなった。三日目ぼくは家へ行った。ライゴは部屋にいた。ライゴのお母さんは病院でうつだといわれたといった。だんなのひどいぼうりょくから二人で逃げて来ていたのは知っていた。ライゴとお母さんと暗くなるまでテレビを見ながら部屋にいた。

しかしあの子たちはあえてわたしは厳しいことをいいますが他の子たちのようには幸せにはなれないわけじゃないですかと校長がいった

学校から戻ると子どもの話をぼくはよくした。ムェイドゥは深夜の警備員をしたりしたこともあったけどだいたいは部屋にいた。ぼくは子どもの話をしなくなった。その後、ムェイドゥが外で小さな人間と話していたのをママは見た。ムェイドゥはママに気がついてなかった。それから何度かママは二人を見た、ムェイドゥも小さいからかわいい二人は子どもに見えた。犬がいた。小さな人間が連れていた。犬は腰から後ろが動かないようで小さな車輪を両側につけていた。

ムェイドゥがいなくなる前の前の晩、ムェイドゥとセックスをした。

これまであなたには、わたし自身について、わたしの気持ちについて、ほかのだれにも打ち明けられなかったことまで、いろいろお聞かせしてきました。ですから、セックスについても、いくらか話題に含めたっていいんじゃないかと思います。

キティー。一九四四年三月十八日、土曜日

はじめてうまくできた、とママは書いていた。

ぼくは人間から人間が出てくるのがこわい

これはムェイドゥがママに言ったとされていること。わたしはママの中ではじまっていたのかどうかは知らない。ママが書き残していた。それへママが何といったのか、こたえたのかは書き残されていない。なかなか腹の立つ発言だがそれはわたしに向けられているとわたしが思っているからかもしれなくてそうだとしたらわたしの自己愛か。「自己愛」という言葉をわたしは最近知って気に入っている。

白紙のページが二枚あって、ママは
ムエイドゥが消えた
と書いていた。

そのあと、ネルがぼくの中でふくらみ、しばらくして出て来た。人間から人間が出て来た。ぼくは病院にいて外は吹雪いていた。ネルは出て来ても泣かなかった。ぼくはびっくりしてしまって、死んでいるのかと思って立ち上がり看護師の抱えているネルを「ちょっとかしてください」といって抱いて逆さにしてお尻を叩いたら、とここを話すときママはものすごく笑いながら話すから何をいっているのかよくわからなかった。

「だって」

ママは笑った。

「あなた」

笑って、

「泣かないから」

笑って、

「ひゃー大変だ、と」

笑って、

「抱いて逆さにして叩いてたら看護師さんが」

一番大きく笑って、

「わーー、って」

笑って、

「ダメダメ寝てなきゃ！　って看護師さんが！」

寝てなきゃならなかったのはママでわたしじゃない。

ママが車を停めた。というか停まった。

道の真ん中に大きな雄鹿がいた。木の枝みたいな立派な角の鹿は黒い目玉でしばらくわたしたちを見ていた。目が合っているのを確認したのか、わたしたちに動き出す気配がないのを確認したのか、ゆったりと海へ顔を向けて歩き出した。景色に濃い青が混じりはじめていた。夕方が終わろうとしていた。鹿はもう見えなくなっていた。車は停まったままで、だけどママに動かそうという気配がなかった。夕方の終わりはあっという間だからすぐに夜になり、フクロウなのか、聞いたことのない鳥の鳴くのが聞こえて来る。山の下の海の横。前からもうしろからもほとんど車の来ない海までは崖の途中の道で波の音だけがしていた。

「ガソリンがない」

とママがいった。

ガソリンのことをすっかり忘れていた。忘れていなかったとしても浜からここまでガソリンスタンドはなかった。浜でガソリン入れなきゃなとは思ってたとママはいった。うそだとわたしは書いた。うそじゃない。思っていたってどういうことだとわたしが書いた。思ったというのは思ったということだとママがいった。家を出るときは入れなきゃなと考えていたが浜では入れなきゃなと思っていた。考えていたが「思う」に変化するのはどういうわけだ。

言葉のあやだ。そもそもその思うってなんだとわたしは書いた。思うは思うだとママがいった。なら思ったのにどうして忘れたんだとわたしは書いた。

「思っただけだったからね」

となるとそれは思ってなかったのと同じじゃないのかとわたしが書いた。それは違うとママがいった。

「思うを思わなかったと同じにしたら思ったぼくはどうなる」

それに、とママがいった。

「口にも出した」

うそだ。完全なうそだ。しかしわたしはうそだとはいわずに、というかうそだとは知らずに、だってママは浜でガソリンのことを思い出してもいなかったわけだし、ママはこう書いていた。

ママはガソリンをどこかで入れようと家を出るときから考えていたことをぼくは波打ち際で小さく上下していた赤白いポリタンクを見ても思い出せずにいた。

「ただ」

とママがいった。忘れていなかったとしてもあの浜からここまでガソリンスタンドはなかった。ほんとになかったかな。なかったよ。ママは少しイライラしていた。何でイライラしているのとわたしが書いた。ガソリンを入れ忘れていたのはママでしょ。イライラなんかしてないとママがいった。

してるよ！

とわたしが書いた。

「してない！」

とママがいった。めっちゃイライラしてるべや。

ママが車を降りた。しばらくあたりを見まわし、歩き出した。

歩き出した

とわたしは書いて、前の夜ノートに書いていたものが目に入った。わたしは読んでいた本を書きうつしていた。

万物は永遠に回帰するのだ、われわれ自身も万物と共に。そしてわれわれは無限の回数にわたって現に存在していたのだ、万物もわれらと共に。

ずいぶん暗くなっていた。あと二分ノートをひらくのが遅かったら暗くて見えなかったところだ。

わたしはまた来る。この太陽、この大地、この鷲、この蛇と共に――新しい生に、よりよい生に、あるいは似た生にではない。――永遠に繰り返しこの同じ生に戻ってくるのだ、最大のことにおいても最小のことにおいても

ここからはわたしが書いていた。

これまでもこれからもずっとこうしている。寸分違わず。二度と閉じられない。死んでもわたしはまた再びわたしとして生まれて来る。わたしの時間はそのようにわたしに来る。来た

本はニーチェが書いた。本の題はツァラトゥストラかく語りき。ツァラトゥストラがこう話したよ。三十のときに山にこもり十年間、それから山から出て来て人間に話した。山にこもったのはツァラトゥストラでニーチェじゃない。ママがわたしの遠くにいた。ママはあれを繰り返す。ママは何度も何度もママを生きる。アンネはどうだ。アンネもアンネを繰り返

すのか。何度も生まれて隠れ家に隠れてキティーを書き、ペーターと会い、ナチスが来て、殺されるのか。殺されるものはこれまで何度も殺されて来たしこれからも殺されるのか。

かわいそうじゃないかとネルかく語りき

わたしは車を降りた。これまでも何度もそうしてきたように、これからも何度もそうするのだと思いながら。そして日が暮れていく景色を見た。何度も見てきたように。これからも何度も同じように見るように。

「あなたが私と出会ったというのも一回こっきりの一期一会。人生の奇跡なんだから仲良くしましょうよ」

と先生はいった。何であれ奇跡だというのはほんとうだが「一回こっきり」というのは嘘だ。一回こっきりなんていったらわたしが出て来た奇跡が薄まる。一回こっきりなんていったらすべては星の匙加減で「たまたま」になってしまう。たまたまアンネはナチスに殺される人々として生まれて大人になる前にキティーだけ残して殺されるなんて冗談じゃない。

アンネはアンネを繰り返す

それこそ「冗談じゃない!」とアンネならキティーに書く。しかし、とアンネなら書く。

しかしいったいそれはどういうことだろう

それからアンネは繰り返し考える。

ミャー

とはしかしごえもんは鳴かない。口だけあけて

「ミャー」

とやる。空気のかすかな気配の揺らぎを感じてわたしは「なあに」と口だけで音を出さずにいう。ごえもんはじんぞーが悪いから毎日テンテキをしている。

「正確にはユエキ。輸液」

といったのはトゥスィクゥでツスィもいた。ツスィのとこの猫もとうにょーだ。テンテキと医者がいったのだとわたしは書いた。

「なら医者が間違えてる」

ごえもんは寝てばかりいる。今年の夏は暑いから暑さにやられたのだと医者がいったのではなくわたしが思っている。

わたしはママまで歩いた。ゆったりとした海沿いのカーブ。もうほとんど夜だった。そうなるのをわたしは知っていたから驚いたりしなかった。右側が山。左側は崖、の下は海。なのにママは明るかった。光を浴びていた。わたしの光か、ママ自身のか。わたしがママに近づいた。ママは自身の斜め右、あたりを指さしていた。わたしが見たらそこに明るいガソリンスタンドがあった。

「ナビにも出てなかったのに」

ママがいった。そしてこういった。

「だけどどこかでこうなることを知っていた気がする。ぼくたちにはいつも奇跡が起こる」

奇跡は起こるでいいがこうなることを知っていたは絶対にそれはうそだ。

7

浜から再び丘をのぼり、おりて、バスへ歩いた。歩く先にバスが見えた。バスの奥に車庫があった。車庫の横に崩れかけた自転車が一台あった。冬中雪に埋もれていたのだと思う。黄緑のフキノトウがいくつも。奥に赤い三角屋根の古い家。煙突はれんが。車庫は建物の全部が錆びていた。とたん、とパパがいったような気がしたけど、すまん、といったような気もした。

そこだけピカピカした三台並んだ飲み物の自動販売機の横の、薄緑色の戸をパパがあけて入って行った。便所だった。ぼくも便所に入りたかった。股がどうなっているのか見てみたかった。ほんとうはバスを降りてすぐに見たかった。クィルに生理が来たというのはどういうことだとママのパパはうんこをしながら考えていた。

これからしばらく、というかほぼずっと月に一回？　生理があるということだ。それはどういう感じがするのだろう。おれがじゃないクィルがだ。面倒くさいだろうな。そうママのパパはうんこをしながら書いた。

パパのノートというかメモは小さなメモ帳に書かれてあったのをちぎって普通のノートに貼り付けられていたから読みにくかった。今も読みにくい。字も小さい。わたしはもうロウガンだ。パパが出て来たからぼくは入った。パンツに血がついていた。どうしようかと考えて、パンツを脱いで、トイレットペーパーに包んで、またトイレットペーパーを長く取ってたたんで、股に挟んだけどそのままズボンは頼りないので一回便所を、その状態で出て、パンツを包んだトイレットペーパーはズボンのポケット、パパがいた。何かぼくにいったけど何といったのかわからなかった。ぼくは股から股にはさんだトイレットペーパーが落ちないように、走ってバスに戻って、大きなひげの人間はいなかった。そのときわかったけど大きなひげの人間の横にいた動かない普通の人間はかばんだった！ ぼくはぼくのかばんから着替えのパンツを出して、ややこしいが書いておくと荷物はパパが詰めた、なのにぼくはパンツはあるはずだと疑いもせず取りに戻ったらあった、パパありがとう、ポケットのトイレットペーパーに包まれたパンツは押し込んで、新しいパンツを持ってまた便所に戻って、靴をぬいでズボンをぬいで、トイレットペーパーをそっと外して血のついたところはちぎって捨ててと思ったけど、もったいないけど捨ててもう一度長く取ってたたんで股にはさんでパンツをはいて、ズボンをはいて靴をはいて、汗をかいていた、便所を出たらパパはまだいて、大丈夫かというから大丈夫だといったら大きなひげの人間が弁当の入った白い袋をさげて来た。

腹がへったから買ったんだと大きなひげの人間がいった。

「食いしん坊だから買う時は余分に買うんだ。五個ある。全部食べるわけじゃない。残りは余分だから持っても帰るが捨てることもある。持って帰ったって誰かがいるわけでもない。捨てるといってもさっき買ったばかりのものだ腐ってもいないし冷えてもいない。食べてもらえればありがたい」

とぼくに二つ、弁当。それからパパに一つ、弁当。を渡して箸と、バスに戻って行った。ありがとうともパパはいえずに、何か考え込むようにしてバスに戻り席についたらバスが動き出した。

わたしたちもガソリンを入れて動き出したけどガソリンを入れるまでが大変だった。ガソリンスタンドの人にガソリンを入れたいのだけど車はあそこで、カーブの向こう、すでにガス欠で動けない、とまずはママがいって。そしたらガソリンスタンドの人が今はここに一人しかいないといって、それにここはガソリンスタンドなのに驚くべきことにポリタンクがない。いつもはあるのに今はない。わたしはそのタンクがすぐに何のことかわかった。赤いやつだ。灯油の。押そうとママがいった。

「店をどうしよう」

すぐそこだしガソリンスタンドに来る人は車だろうし見える、とママがいって、ママとわたしとその人と三人で、その人がぶつけましたかとわたしたちの車の後ろを見ていって、はい少しとママがいって、ついていただけど全然たいしたことなかったし、わたしは傷がついてるなんてわかってなくて、ついていたかな、わたしが顔を車の後ろに近づけていたら、ガソリンスタンドの人が「一番軽い人が乗ってハンドルを」とかいって、となると軽そうなのはその人で、わたしとママが押すのだけど、ママは二人、どころか三人力なんだけど、それでも少しは動いたけど微妙にのぼり坂だったことに三人同時に気がついて。あまりにも微妙なのぼりだったからガソリンスタンドの人も「そうかここのぼりか」とかいって。はあはあいってママもわたしも。夏ですしね。夜は涼しいけどそれでも夏だ。しかし秋の気は充満していて、季節はまだ夏だけど体感は秋でしかし暑い。休み休みとかガソリンスタンドの人がいって、申し訳なさそうにしていて、申し訳なさそうにする必要はその人には少しもないのに、申し訳なかったのはわたしたちなのにいい人だ。それでやっとそれでもガソリンスタンドまであと少しというところまでママと押して、ネルと押して、ぼくはそこで腰をやる。ママが腰を押さえて「うう」とかいうからわたしはびっくりして。何しろママは頑丈だから、そんな腰とか痛いとかそれまでいったことなかったから。だけどママは大丈夫大丈夫とかいってまだ押そうとするから、あと少しだったけど、ガソリンスタンドの人が変わります変わりますとかいって、ママにハンドルをやらせて、そしてわたしはガソリンスタンドの人とふたりで押すのだけどママが重いのか動かない。ガソリンスタンドの人がママにサイド引いてませんかとかいったりして。引いてませんとママはいって、どうすんだとなって。どうすんだとは誰も口にはせずに、あと少しなのにガソリンのホースを目一杯のばしても、そんなにのびない、車までは届かない。そしたらガソリンスタンドの人が「あ」といって、走って消えたからわたしは車の後ろにもたれて休憩。ママは降りても来ずに、降りられなかった。痛くてどうしよう。

ぼくはパパと席を少しはなして思い切って大きなひげの人間の横、通路をはさんだ横の席に向かった。弁当には唐揚げが四つ入っていた。ぼくが隣に座っても大きなひげの人間は顔も上げずに弁当を食べていた。いただきますとぼくはいった。「うん」と大きなひげの人間はいった。ぼくの左に海が見えて来た。雨が降って来た。

ガソリンスタンドの人が車椅子を押して出て来た。なるほどあれにママを座らせて、車をからにして押そうという作戦だ。二人で。ポリタンクさえあれば。だけど向きはどうする。ハンドル。あと少しだ何とかなるとガソリンスタンドの人がいった。痛がるママを車から降ろして、大きいし重い！　人間じゃない気がした。車椅子に乗るのか、乗った。乗せた。それから二人で「ゆっくり」とかいいながらガソリンスタンドの人と、ガソリンスタンドの人は器用にハンドルを操作しつつ車を押した。

「オーケーオーケー！　ここでオーケー！」

二メートルほど押して、ここはわたしがと小走りで運転席へ、半びらきにしていたドアをあけて飛び乗って、気分はそうだ、飛んではいない。危うくネルは足をくじきそうになっていたのをぼくは見た。ブレーキを踏んだつもりが踏んだのはアクセルで、だけど大丈夫。エンジンは止まっていた。ガソリンがないんだから。踏み直して停めて、サイドも、引いて！と叫んだガソリンスタンドの人の声も待たずに引いて、停まった。ふう。ガソリンを入れた。

昨日映画を見たのと大きなひげの人間がいった。Dead Manという映画。といって大きなひげの人間はかばんからノートを出した。大きなひげの人間もノートを書くのかとぼくは思った。その時点で気づくべきだった。べきだとまではわたしは思わない。

ぼくもノートを出していた。左手にはえんぴつを持っていた。いつもそうだった。

「奇妙な帽子の若い人間が汽車に乗っていた」

大きなひげの人間がいった。人間の名前はウイリアム・ブレイク。昔の詩人と同じ名前だった。ぼくは帰ってから本屋でその名前を探した。そして詩を一つ書きうつした。

「愛はみずからを喜ばせようとは求めず、

おのれのことは少しも気にかけず、

他のために安らぎを与え、

地獄の絶望の中に天国を作る

そう小さな土くれは歌った。
牛の蹄にふまれながら。
しかし小川の小石は
それにふさわしい歌をつぶやいた。

愛はただみずからを喜ばせようと求め、
他を縛っておのれの喜びに従わせ、
他が安らぎを失うのを喜び、
天国の悪意のなかに地獄をつくる」

ウイリアム・ブレイクはある町に向かっていた。その町の鉄工所で経理の仕事につく予定だった。なのに到着したら別の人間が雇われていた。ウイリアム・ブレイクは社長に

「わたしも雇え」と直談判したが聞き入れられなかった。乱暴そうなものらがぞろぞろ歩く知らない街でウイリアム・ブレイクは途方に暮れた。酒場に入りウイスキーの小瓶を買って外で飲んでいたら酔っ払いに造花売りが突き飛ばされた。紙で作った白い造花が泥の上に散らばった。酔っ払いをどうにかしようとはせずに、酔っ払いが怖かったから、酔っ払いがいなくなってから造花売りに大丈夫かとウイリアム・ブレイクは声をかけた。ありがとうと造花売りはいった。酔っ払いをどうにかしようとしなかったいいわけのようなことをウイリアム・ブレイクは口にした。その様子が造花売りには新鮮だった。強がる人間ばかり造花売りは見ていた。「送ってくれる?」と造花売りがいった。ウイリアム・ブレイクは送って行った。造花売りの部屋は紙で作った白い造花がたくさんあった。きれいだねとウイリアム・ブレイクがいった。いつかは絹で作りたいの、香水を少しふりかけて、というようなことを造花売りがいった。二人は見つめ合った。暗転になって場面が変わると二人はベッドにいた。セックスをした後だった。二人とも下着をつけていた。裸じゃなかった。ウイリアム・ブレイクの背中に何か当たった。手をやったらピストルだった。造花売りがそれを取り上げた。そこへ背の高い人間が入って来た。黒い服を着た長髪の。人間は造花売りのついこの間までの恋人でやり直そうと手土産を持ってやって来ていた。二人はいくつかやり取りをした。愛なんかなかったわと造花売りがいった。ウイリアム・ブレイクは下を向いていた。人間は出て行きかけて立ち止まり懐に手を入れるような動きをした。造花売りは人間が何をしているのかに気がつき怯えた顔をした。ウイリアム・ブレイクは気がついてなかった。振り向いた人間はピストルをかまえていた。造花売りがウイリアム・ブレイクの前へおおいかぶさるのと同時に人間が発砲した。造花売りが撃たれた。ウイリアム・ブレイクの胸に造花売りを貫通した弾丸の破片が入った。しかし動けたからさっき造花売りに取り上げられたピストルに手を伸ばし人間に向けて発砲した。二発外れて三発目が人間の首に当たって人間が崩れ落ちた。ウイリアム・ブレイクは窓から逃げ出した。弾丸の破片の入ってしまったウイリアム・ブレイクは意識が朦朧としはじめていた。いつの間にか道端にウイリアム・ブレイクは寝ていた。目をあけると大きな（太った）ウイリアム・ブレイクや街の人間とは違う暮らしをする別の文化を持った（ウイリアム・ブレイクらとは違う服装をする）人間がウイリアム・ブレイクの胸の傷を触っていた。大きな人間はウイリアム・ブレイクがもう死ぬことを知っていた。白人はばかだというようなことを大きな人間がいった。ウイリアム・ブレイクは大きな人間に「白人」と呼ばれる人間だった。アンネもそうだった。アンネもペーターもベケットも白人だった。ニーチェもそうだった。ナチスもそうだった。大きな人間の名前をウイリアム・ブレイクが聞いた。ノーバディだと大きな人間がいった。

Nobody

名もない人、ただの人、つまらない人、おもしろくない取るに足りない人、才能のないくだらない人。

パパ

とママは書いた。わたしはママのパパの数少ないノートをひらいた。

ママのパパは地元の中学を出て漁師の手伝いをしていた。大きな船が出入りする港町だった。大きな船に乗って海に出ていたことだってあった。乗せてくれと頼んだら「死んでもいいなら乗せてやる」といわれてママのパパは乗った。船はくじらをとりに港を出た。くじらがとれるとすぐバラバラにする。くじらは大きいからほとんど中に潜り込むようなことになる。血と油で暖かくてぬるぬるになる。ママのパパはさばいているくじらの肉を小さく切って口に入れたりした。寒くなった。南の海は暑いのかと思ったらすごく南だから北と同じで寒かった。『白鯨』はくじらとりの話だと教えてくれたのは色の黒い南の島から来たチョーヤでおれは船にいる間中それを読んだ。わたしも読んだ。メルヴィルという人が書いていた。メルヴィルも白人だった。なんだ白人だらけじゃないか。小説がはじまる前に長い前置きがあった。語源やら引用があった。引用はくじらのことについて書かれたもの。『白鯨』はすごく前に書かれた本だから引用元の本も古い本だ。小説のはじまりはこう。

第一章　まぼろし

わたしを「イシュメール」と呼んでもらおう。

イシュメールは、というか「わたし」は財布がほとんど底をつき、陸にはかくべつ興味をひくものもなかったので、ちょっとばかり船に乗って来ようかと思う。そして「わたし」は船に乗る。「わたし」の船での暮らしがはじまる。白鯨が出て来るのはもっとずっと先。全然出てこない。くじらはなかなかいない。変なのは次。

第三十四章　船長室の食卓

正午だ。給仕の団子小僧が青白いパン生地のようなふやけた顔を船長室（キャビン）の昇降口から突き出して、この小僧にとっての君主でもあり殿でもある船長に食事の用意ができたことを告げる。

このあと船長室での食事場面になる。が、この場面にイシュメールはいない。「わたし」はいない。「わたし」で話は語られ進むのにこの小説には「わたし」のいない場面が出てくる。変じゃないか。しかしママのパパは平気で書いていた。

ノラはおれがくじらの次に働いていた居酒屋に客で来た。その居酒屋におれは三日しかいなかった。連絡先を教えろといったのはノラでおれじゃない。二日後の夜ノラから連絡が来た。その日の朝おれは居酒屋をやめた。やめるといったおれの話を聞いた店長は事務所にいた。出て行くおれの後ろ姿を店長は一人でえんぴつをくるくる手の中で回しながら見ていた。おれが消えて少ししてミュが来た。

「向いてないからやめさせろとぬかしやがった」

店長がミュにいった。

「悔しいよおれは。やめろっていおうと先におれが思ってたんだ先におれが。それを先にいいやがった」

ミュが腕を上げてツルツルの脇を店長に向けた。

「きれいにそれた」

「わたしー、この仕事ー、向いてない気がしてー」

「語尾伸ばすんだキショ」

「なのでー、だからー」

「きしょ」

店長はミュと肉体関係にあった。店長には妻子がいた。おれは妻子を三日の間に二回見た。髪を金に染めて髪の後ろを長くシャギーにした痩せた配偶者と、金に染めてはいないが配偶者と似た髪型をした子ども。いずれしかしこの店長の浮気はバレて配偶者が騒ぐ。配偶者に裁判を起こされた店長に勝ち目はなかった。配偶者にも浮気していた相手がいたが誰が知る。慰謝料、養育費。ミュに一緒になろうと店長はいうがミュの顔が違う。こんな顔してたっけと店長は思う。気持ちがなくなると人間の顔が変わることをいい歳をして、四十半ば、店長は知らない。店長は一人になる。子どもは店長は死んだと聞かされていたけど死んではなかった。七十七になるまで生きた。あちこち思うように動かなくなり呼吸もつらかったけど冬は寒いと思ったし春は春だと思った。夏は暑いと思ったし秋になるとほっとした。

わたしはあなたを見たときわたししかと思ったとノラはいった。なるほどわたしはあんなか、ならどうでもいいなと思ったとノラはいった。似ていたといいたかったのか罵倒したかったのかおれにはわからないがおれはノラには似ていない。ノラは学校の先生をしているといった。非常におもしろい仕事だが猛烈につまらない仕事でもあるといった。ママのママは書いていた。

わたしの家には猫がいる。ごえもん。キジトラの白。昔拾って来た。ずいぶん前。わたしが子どもの頃。もう目が見えない。ヨタヨタとしか歩けないがヨタヨタと歩く。ごえもんに「大変お疲れ様です」とあなたはいった。あなたはごえもんをそのときの少ししか見てなかった。しかしそれでもそこにそれまでの時間が流れていたとあなたはいった。石がそうだ。この石ほら、とあなたは拾って手の中ではずませながら、一年や二年じゃないんだよこの石の歳は。おれより歳は上だ。おもしろい人だとわたしは思った。しかしそれだけだった。そのとき二人で映画を見た。そのときというのがどのときなのかがわからないとママは書いていた。映画を見ながらノラはノートに何か書いていた。映画を見ながら何か書くやつをおれははじめて見た。

ノーバディとウイリアム・ブレイクの旅がはじまった。二人は途中で野宿する三人組に出会ったり、それとは別に三人組の殺し屋に狙われたりしながら。殺し屋というのは最初に出て来た社長が雇ったやつらで、ウイリアム・ブレイクが殺した造花売りの元恋人は社長の息子だった。三人組の殺し屋は若い黒人、おしゃべりの長髪、無口で不気味な伝説の殺し屋の三人で、三人はいずれ殺し合うのだろうと見ていたら、というのもおしゃべりなやつがとにかくおしゃべりであれは殺されても仕方がなかったから、結局しかしまずは若い黒人が伝説の殺し屋に殺され、間もなくおしゃべりが伝説の殺し屋に殺され食べられた。徐々にウイリアム・ブレイクは弱っていった。心臓近くに入った弾丸の破片がそうしていた。二人旅に飽きたのか途中でウイリアム・ブレイクをノーバディは一人にしたりしたのだが二人は再び出会い、ある部落へ向かった。部落は大きな木で造られた建造物が川沿いにあり、たくさんのノーバディに似た人たちがいた。わたしたちもそのような、といっても思い返せば全然違う、しかしたくさん人間のいる部落、というか集落へ、迷い込んでいた。

道に迷っているのはわたしにもわかった。しかしママはノートに書きうつされた映画の話をするのに夢中で制御がきかなかった。

「部落でノーバディは船を作ってもらっていた。それは木で出来た大きなカヌーだった。大きくはなかった。ウイリアム・ブレイクは綺麗な髪飾りをつけられ白っぽい衣装に身を包まれ杉の葉の敷かれたそのカヌーにいた。海だった」

わたしたちも海の横を走っていた。

「魂の故郷へ帰るのだ」

とウイリアム・ブレイクにノーバディがいってカヌーを押した。そこはノーバディが押した。伝説の殺し屋がノーバディの後ろ、崖の下にいた。伝説の殺し屋がライフルを構えた。発砲した。ノーバディのどこかに当たった。撃たれたと気がついたノーバディが振り向き足元のライフルを構えた。伝説の殺し屋も再び構えた。二人が同時に発砲して二人が共に崩れ落ちた。ウイリアム・ブレイクを乗せたカヌーはゆっくり沖へ向かっていた。ウイリアム・ブレイクは二人が死んだのを見た。雨が降っていた。ウイリアム・ブレイクは死に向かっていた。ママのパパは交通事故で死んだ。知らせを受けてママが駆けつけたときにはもうママのパパは死んでいた。ママが死ぬときわたしは五十を過ぎていて、ママのベッドの横にいた。ママの横でママが書いたノートを読んでいた。読みながら書きうつしていた。

8

白い山が日の光に照らされて正面に見えていた。明け方だった。ネルは寝ていた。ママは山が日の光に照らされてと書いていたけどそれは変だ。わたしたちがそこにいたときは明け方だったとはいえまだ夜と呼んでもよかったし、いくら強力なライトが車についていたとしても照らされるのは灯りの届く範囲だけで、もし仮に山に届いていたとしても山のほんの一部で、ちょっとした岩だとか、いずれにしても山の全体が照らされるわけじゃないことくらいわたしでも知っていた。それにもし山がライトに照らされていたとしたら、そんなものすごいライト、対向車はまぶしくて仕方がない。事故になる。事故は起こさなかった。起こしたけどあれは別の事故だった。なのに確かにわたしもその白く浮き上がった山をおぼえていた。まだほとんど夜だけど明け方だったから山の向こうが青くなりかけていた。やっぱり変だ。太陽は山の向こうの下にあったから、となれば照らされるというより逆光で暗くなるはずで、と書いたあとにわたしはテレビで山の遠くから日がのぼるのを見ていたら、昇り来る太陽で空全体が明るくなるからちゃんと山が見えて来ていた。そうか。そういうことならわたしたちが見たのは白い山だったのだから白ならより映える。バエる。見える。しかしそれでもわたしは見てはいない。ネルは寝ていた。

山から白い煙、じゃなくて水蒸気だったのだけどそれはあとで聞いた話で山は火山だった。道に迷っていたのに気がつくまでしばらくかかった。ナビは使いものにならなくなっていた。ナビの指すまま海沿いを道なりに走って来たのにいつの間にかナビでは道ではないところをぼくたちは走っていた。いつの間にそうなったのか。ママは何を見ていたのか。暗くてもうわたしたちの左が海なのか何なのかわからなかった。

わたしたちがはっきり山を見たのは、その前からも書いていた通りその前にも見ていたのだけど、見ていたよねとたずねるならママしかいないけど今ママはもう死んでいない。今というのは今だ。書いたしりから過去となるやつ。いずれにしてもわたしに聞き取れるやり方では死んでいるママとは話せないし、というかもう「話さない書かない」のだろうし、死んでいないのでわたしには何一つかけらもわかりませんが！　しかしそれは死ぬ少し前からもうそうで、その感じはどんな感じなのかとわたしは聞いて書こうとしたけどママから出て来たのは「わたしを見た、ような気がわたしはする」という肉体の動きだけで、それはあったことにさせてください、笑いもしなかったしうなずきもしなかった。だからわたしはいくらでも勝手に「ママは優しく、小さくしかし確かに微笑みながらわたしを見た」だとか「それは違うよネルというようにわたしを見て、かすかに笑ったような、気がした」だとか書けるけど、それは使い尽くされてきた生きたものが死にゆくものを利用してかけ続けてきた呪いで、わたしたちが読まれることを想定せず書いて来たものだけを頼りに書き起こそうとして来た「これ」に反する。ママはすでに言葉の外にいて、言葉の外というか、わたしの使う言葉の外、生きていて、ママもまだ生きていたけど、まだ元気で、自分の中でうごめく、外でもいいけどうごめく、言葉、元気で生きていて生まれたときからそれだけを頼りに自分を保持して来た、まだずれながらも一致していた言葉、というものからはっきりと離れていたから、ああなればもう言葉を人間は使わない。いちばん話したいときこそ人間は話さない。と書いたのはまだ言葉を使うわたしだ。

「火山」と書き残していたのは、火山を見たのは、夜が明けてから、赤ちゃけた、白い茶色い、ときどき赤や茶の混じった土が剝き出しの、木のほとんどない、なくはない、人間の住む家がいくつか並んで重なった部落、というか集落、がそのすそに苔のように、店らしきものはあったけどほとんどない、いつの間にか起きていたわたしがおしっこが漏れるとノートに書いて、どこかに停めようとぼくはコンビニみたいなものをさがしたけどなくて、仕方がないから適当に車を停めて、わたしが降りて、少し見回して、石と砂しかない広場に立つ大きな黒い石、ママより背の高い、その裏へ回って、立って、おしっこをしたときだった。

ママは車から降りることが出来なかった。どうしたの。腰が痛い。そうだった。ママの腰痛はこのあともずっと続いて、痛いのが普通になって、ママは痛いといいつつも気にしなくなった。痛いのに慣れた。そのうちわたしもひざが痛くなったりして、歳をとることにわたしたちは異論なんかなかったけど、だってそれはわたしたちには預かり知らぬことだし、でも、というかだからこそ痛いのだけはご勘弁だった。なのにわたしたちは病院へ行かなかったから、ママが死ぬ病気になっていたことに気がついたのはママがすごい痛いといい出して、歩けなくなったときで、タカタカちゃんかタカカコちゃんみたいな人がいたら頼りに出来たけど二人は死んでいて、そのかわりに、と書くとトゥスイクゥは怒るけどタカタカちゃんとタカカコちゃんのかわりに、トゥスイクゥとツスィに連絡したら飛んで、ではないけどツスィの車で来てくれて、二人は近くに住んでいた。ついでに書くが、すべてはついでで無駄に言葉を重ねるが無駄などない、ママが死んでわたしたちは三人で暮らすようになった。ツスィの三匹の猫と。白いクロと黒いシロとごえもんと同じ柄のキジトラの白のロク。ごえもんが調子を崩すのとクロが調子を崩すのが同じ暑い夏の時期で、病院へ連れて行ったりするたびにＬＩＮＥで連絡をこまめに、トゥスィクゥも含めて取り合っていたのだけど夜中にそれをすることもあったし、なんか面倒だな、となって、一緒にいた方が安心だと誰がいったのか忘れたけど書いてないし、ツスィがまずわたしの家で猫たちと寝泊まりするようになって、トゥスィクゥも来て、なかなか便利じゃないかみんなでいるのは、となって、そのまま。大きなママを三人で立たせて部屋から出して下におろして車に乗せて、ツスィの車は黒くて小さい。わたしはそれなりに心配したし、これはあんた腰痛じゃないよ大きな病気だよ、と医者にいわれたときはとうとうママは死ぬのかといつか死ぬのは知っていたけどびっくりした。それが春で夏になり、わたしたちは病室にいた。白いシーツの上に水色のパジャマのママ。壁はクリーム色で、わたしが赤い色紙を一つ、ちゃんとはがすときのことも考えてはった。はがすときはママが死んだときだ。ママは黙ってわたしを見ていた。というかまぶたが薄くあいて、目玉がわたしに向いていた。ママの目玉には大きな丸い、髪の短い、大きな人間がうつっていた。大きな人間は手にノートを二冊。足元に置いた六冊のノート、適当に選んだもの、の入った紙袋があったのだけど紙袋はママの目玉には見えない。わたしは左手に鉛筆を握っていた。わたしがママから目を離し、ノートを見た。しばらく見て、もう一つのノートに、見ていたノートを見ながら何か書いた。わたしはずっとそうしていたなとママが思ったわけじゃなかった。ママはそれまでの、そしてこれからの、あらゆる時間の中にいた。思い出していたわけでもなかった。

あれは火山かとぼくが聞いて大きなひげの人間がそうだといったそのとき大きなひげの人間がママだとぼくは気がついた。

大きなひげの人間はママだ！

ママは気がついてみるとどうして気がつかなかったのか不思議だった。ただぼくにはママの面影みたいなものの記憶がなかった。写真を何度かパパに見せてもらったことがあったけどそれはクィルの思い違いでおれはノラの写真を持っていない。捨てたわけじゃない。おれは写真の撮れる携帯電話をノラがいる頃は持ってなかったとパパは書いていたけど思い違いをしていた。パパは写真が撮れる携帯電話は持っていたけどカメラが壊れていた。壊れたのはトドの写真を撮った後。「そうかだからトドの話はよくおぼえているけどぼくの記憶にどうトドがいたのかがないのか」とママはいったとわたしは書いている。しかしわたしはその話を疑っていた。トドを見たと聞いて、どんなのを見たのか写真がなくても、どう見たのかは聞いた瞬間にママの頭の中に浮かんじゃうんじゃないだろうか。犬がいたよとたとえばツスィがわたしにいえばわたしは瞬時に、どんな犬かも聞かずに犬を思い浮かべる。それがどんな犬かはわたしにもわからない。それというのはわたしが思い浮かべる犬がどんな犬かという意味だ。わたしは「犬」と聞いて犬を瞬時に思い浮かべるけどそれはチワワだとかシバ犬だとかが来るんじゃない。それ以前、しかし犬としか呼べないものが来る。ママもだからママのパパにトドと聞いたとき、トドが海にいたと聞いたとき、ママには海にいるトドがいたはずだ。トドとしか呼べないママだけの何かがいたはずだ。ママがトドというものを知らなくてもだ。知らないからこそ。

ぼくはしかし

「ママ！」

と声に出して幕を切って落としたわけじゃなかった。ぼくは大きくゆっくり呼吸しながら、大きなひげの人間の横顔を改めてじっと見てみたり、大きなひげの人間は目を閉じていた。しかしぼくには大きなひげの人間が自分の手のひらを見てみたり、にぎってみたりした記憶がある。そのことは書いていない。バスの中の様子、窓外を半分立ち上がって見ていたパパや、火山にパパは驚いていた。見おぼえのない道をバスは走っていたから、サキまでの、サキからの道はおれは何度も通っていたから、見たことのあるなしには自信があった。まだ外は明るかったからよく見えていたし、あの山は何だ。あんな大きな白い山。そうパパはぼくに話しかけていたのかつぶやいていたのか、何しろパパはなるべく早くサキについて速やかに仕事をかたづけなくてはならなかった。時間がないのだ。ママやわたし、大きなひげのあるママの誰よりもそのときの状況を打開しなくてはならないと考えていた。

バスが停まった。おれは運転席まで歩いて、「どうした」と運転手に近づきいった。茶色い髪が肩まで垂れた運転手は若かった。海沿いをまっすぐなのに変だと運転手はいった。あの山は見たことがあるか？　おれはない。あるようなないような。どっちだ。ない気がする。しかしああして山はあるんだから見たんだろう。あんな大きな山だ、見ないなんてことが果たして可能かね。知らない。頼りないやつだ。どこから道に迷った。それはお客さん、それはわかりませんよ。それがわかれば迷わない。おれは焦った。こんなところでぐずぐずしているわけにはいかない。旅行じゃないんだ。どうしたと声がして振り向くとノラがいた。

ノラがいた

よお、とおれはいった。「ご無沙汰しております」といったのはノラじゃない。おれだ。ママのパパはそう書いていた。そしてこう書いていた。その時点でおれは夢を見ているのがわかった。おれは寝ているらしい。クィルもいるよとおれはいった。どれかわかるか。わかるも何もバスの運転席の近くにおれがいて、おれのすぐ後ろにノラがいたのだから振り向き見えたのは一人しかいない。二人を見ていた大きなあれ。クィルは寝ていた。

「あれがクィルだ。絵本を翻っていたのがああなった」

ずっと話してたとノラがいった。

「見た映画の話をしてた」

「何の映画」

「それが思い出せねんだ」

夢なのならあわてる必要はないことがおれはわかったので、運転手に、そこから見えていた黒い大きな石を指して、

「あそこに停まろう」

　とママのパパはいい発進させた。いや、

「あそこに停めよう」

だ。おれは運転席にいた。おれは石までバスを運転手に走らせて、停めて、サイドを引いて、ドアはどうあける。おい運転手、ドアはどうあける。運転手が立ち上がり、ということは座っていたのか、座っている場合か。いやかまわない。おれは夢を見ているのだ寝ている。おそらく運転手は道に迷うなんてことはなく一所懸命運転している。サキへ向けて

　おしっこをしていたときから何かがいたのはわかっていた。一つしかない外灯の下にそれはいた。暗い夜、外灯の下というわけではなかった。日はもう昇っていたから朝だ。ママには見えてなかった。ママはまだナビを触っていた。ナビには山らしき説明も、ぼくたちがいたところは道も場所の名前も何もない、陸地とだけはわかる場所だった。何かは老人だった。わたしはママに知らせた。ママが顔を上げた。わたしがあごで老人を

指した。腰の曲がった、小さい、髪はまばらで白いというかもう透明。顔色は茶色く日に焼けてああなるのか元々か。濃い茶の服。靴だけ赤く光っていた。ぼくたちに近づいて来ようとしながらそれは咳を何度かして、猫みたいにからだを波打たせてたんを吐いた。肩に何かいた。猫だ。

「道に迷ったんだね」

そういい老人がたばこに火をつけて、吸って、吐いた。猫はじっとわたしを見ていた。ママとわたしに老人がたばこを差し出した。シートに座ったままママが受け取った。立っていたわたしも受け取った。老人がマッチをすって、火を両手でおおうようにした。ママとわたしはたばこをくわえて、たばこの先を火に近づけた。火はママの近くにあったからわたしは身を屈めていた。チリッと小さな音がして、吸い込み吐いた。ネルが激しくむせた。これから山を越えるのは大変だと老人がいった。くわえたばこでわたしは書いた。たばこがからい。けむい。老人がむせた。猫が飛び降り、身をかがめて、わたしを見た。老人は激しく咳をしていた。ママが腰をやってなきゃ背中でもさすってやるところだったからわたしがした。老人の手には火のついたたばこ。わたしの口には火のついたたばこ。ママの口にもたばこ。咳の落ち着いた老人に再び猫が飛びつき肩によじりのぼり座った。「これから浜の芝居小屋で劇団が劇をするがどうだ」というようなこと

を老人がいった。それをいうまでにもう少し何かあったように思うのだけどそうとしか
わたしもママも書いてなかった。劇が終わったら夜が明けるまで小屋で横になればいい。
食うものもある。

浜まで遠くなかった。着いたときはわからなかったけど見たら海は石からすぐだった。
すぐといっても車での話だ。浜の手前で「このまま浜に入ると砂に嚙まれて車が出せな
くなる」と老人がいうからママは車を停めた。老人が猫とそれぞれ別々に車から出た。
車のライトで見えていたのは浜の一部。向こうの暗いところは海だ。ライトの外、真っ
暗の中に明かりが見えていた。あれが小屋か、いや変だ。夜じゃなかったはずだ。朝だ
ったはずだ。読み返してみてもそうだ。しかしわたしはそう書いていた。

火山を見たのは、夜が明けてから、

なのに浜が夜だっただなんて何だ。しかしそう書いていた。直すべきか。間違えてい
るのだから直すべきか。そのままにしておく。あとからそれを眺めて、そのときから離
れて、小さなネジをしめたり外したり部品を足したり、アンネはキティーでたぶんやっ
てない。多少の書き直しはしただろうが、アンネは書いただけの人だった。書く前がな
く、書いているときと書いたあともなかった。そして捕まえられ、死んだ。

誰がどう読んだのか、どう読まれたのか、そんなことは知らない。ママもママのパパもママのママもみんなそう。わたしだけがたぶん違う。わたしだけが不純だが仕方がない。続ける。

小屋へ向かって老人が歩き出した、猫はどこに行ったのかいなくなっていた、波打ち際ででも遊んでいたのだろう、着くまでに夜が明けそうな速度で、ついて来いともいわずに。暗くて途中で老人は見えなくなった。海の音が聞こえていた。星がすごいとママがいったから見たら星がすごかった。流れ星が夜空を見ていた間に七つ流れた。そして

「火球!」

ママが大きな声を出した。ゴォーとそれは音を立てて消えた。わたしたちは暗い浜に取り残されていた。海の音だけ。空に星。満天の星。

出て来てよかった

とわたしは書いた。

くどいが完全に夜じゃないか。

暗くてママは見えなかったから車のエンジンをかけてライトをつけた。「そう」とママはいった。「人間としてこの世に出してよかったのかぼくはこう見えて悩んでいたんだ」とママがいった。何の話だ。わたしは家を出て来てよかったと書いたのだ。「何だ」とママがいった。小屋の方の下でチラチラと明かりが揺れていたのが見えた。それはわたしたちに近づいて来た。人間だった。何人かいた。

「腰が痛いのどの人」

と誰かがいった。はいとママが小さくいった。「担いじゃるけん」と別の声がいった。ママを担ぐ人たちだった。懐中電灯でわたしたちを照らしたままだったからどんな人間かよく見えなかった。重たいですよとわたしは書いたがママは浮いたみたいにそっと車から担ぎ出された。

9

小屋は壁に木の板が何枚も横に並んだ、釘を打たれて、外目は小さなものだったが中に入るとけっこう大きかった。小さいけれど二階席もあった。人がたくさんいた。がやがやと町の人たちは静かに、しかしそれぞれが話をしていて、ぼくは畳を何枚も重ねて作ったベッドに横にされていた。ネルは真ん中の前の方で振り返りぼくを見ていた。ママは王様のようだった。みんなまだがやがやいっていた。誰もマスクをしていなかった。誰かが大きなくしゃみをした。咳き込む人がいた。年寄りが多かった。お酒を飲んでいる人がいた。何かを食べている人がいた。子どもは走り回っていた。そういえばわたしはお腹がすいていた、と思ったらおにぎりが四つ、わたしの前に置かれた。長い髪を頭の上でしばった、黒いランニングシャツの人間が「お食べ」といった。見上げるととても大きな人間だった。分厚い胴に大きな胸。巨大な腰。ランニングシャツにすけて大きな乳首がわかった。それは上を向いて立ち上がり、わたしはあれを口いっぱいにくわえていた記憶さえあるような気がして、ぼっきしていた、と書いておにぎりを食べた。食べてから食べたと書いた。ママを見たらママも食べていた。年寄りに囲まれてママが年寄りに見えた。ママの右斜め前に黒いランニングシャツの人間を見ている白髪の老人がいた。わたしはその老人を見てランニングシャツを見た。ランニングシャツは老人に見られていることに気がついていなかった。ランニングシャツを見ていたのはわたしもだし、見ればみんなも見ていたのだけど老人だけわたしには真剣度が違うように見えたがわたしも真剣だった。何しろぼっきしていたわたしはペニスが破裂しそうで痛くさえなっていた。大きな音がして屋根が開いた。信じてもらえないかもしれないが屋根がパカッと開いたのだ。なのにママは天井から人が出て来てとしか書いてなかった。横になっていたから見えなかったのだろうかと思ったけど横になっていたらわたしよりよく見えたはずだ。わたしはその角度で見て書き記しておきたかったとさえ思いますよママ。パカンッ!と天井が、屋根が開いて、あの満天の星空を背にしエプロンをしたママにそっくりの、ママかと思った、人間がいて、

「ツー!」

といったら大きな乳首の黒いランニングシャツがエプロンを見た。黒いランニングシャツはツーというらしい。わたしからツーのあごの裏が見えていた。ママが、じゃ

なくてエプロンがいった。

「お前豚は始末したのか」

「した」

とツーがいった。

「したならしたといえ。いわなきゃしたことがわからないじゃないか。何とかの猫みたいな状態に甘んじるほど時間の猶予はないのだよツー。知っての通りあの豚は皆様方に振る舞うものだ」

豚が出てくるのだろうかとわたしは書いた。豚の丸焼きかな。

「急ぎでバラさなくてはならない」

何だバラすのか。

「まだバラしてはいないんだろ？　こんなところであぶらをうっているばあいか。することはやまほどあるんだ。ぐずぐずするな。それから不機嫌な顔はするな。まだしてないがこれからもするな。不機嫌はお前の気分だ。自分の気分を他人に見せるな。

人間に甘えるな。それでなくても人間には人間は荷が重いのだ」
すごい棒読みだというのがわたしでもわかった。劇をするとなると誰よりも張り切ったトゥスイクゥもそうだった。稽古のときはとても上手なのに本番になると緊張して棒読みになってそれが自分でわかるから「本番はやりにくい」といって客を睨んでいた。トゥスイクゥにとって本番がやりにくいのは観客のせいだった。「しかしそれだとトゥスイクゥ、演劇が成り立たない」といったのは先生だった。

「演劇は演じる人間とそれを見る人間がいてはじめて成り立つ。それが先生は演劇だと思う。いえ。人間のすることは全部そう。する人間がいてそれを見る聞く触る味わう人間がいてはじめて成立する。どちらにも人間がいる。片方だけなら何も起きない」

するとツスイが

「トゥスイクゥは神に向けているからかまわない」

といったら先生は黙ってしまって、少しうろたえて「神とは何だ」といった。それへはわたしが

「人間以外のもの全部」

と書いたら先生は涙をためて

「傲慢だ。人間を嫌なものみたいな考え方は先生は大嫌いだ」

といったからはじめてわたしは先生が少し好きになった。

エプロンは劇の素人に違いなかった。やっぱりママなんじゃないかと振り返りママを見たらママは寝ていた。せっかく劇を見せてくださっているのに寝てんじゃないよとわたしは紙に書いて紙飛行機にしてママに飛ばしたけど、そんなには飛ばずに知らないおばあさんのおでこに当たったらおばあさんがわたしにウインクしてくれた。顔を戻すとわたしの正面、そこが舞台だとすぐにわかったのだけど黒い猿が立っていた。猿は二本足で立っていた。人間の子どもぐらいの背丈、といっても子どもにも各種いるから、百二、三十センチくらい。じっとわたしの方を見ているからわたしは少し怖くなった。突然飛びかかって来て噛んだりしないだろうか。エプロンの大きな人間、ママ似の、はいつの間にか酒を飲んでいた色の黒い痩せた黒い制服のようなものを着た人間の隣に座り、何か小声で話していた。制服は何か、あれはたぶん楽器だとわたしはわかった、を抱えていた。エプロンが観客に声をかけた。

「何がいい」

「ポル・ウナ・カベサ」

と低い振動のような声で誰かがいうとまわりにいた観客が声をそろえて
「くびのさに」

といった。制服はよしといった感じで立ち上がり楽器を鳴らしはじめた。きっとあれは優雅というのだろう、そんな曲だった。それに合わせて猿がゆっくりからだを揺らしはじめた。劇ははじまっていた。明かりは変わったりしなかった。ツーがゆっくりと舞台へ歩いて踊る猿の横に立ち、それへ猿がしがみついた。そしてツーと猿が揺れはじめた。ダンスだった。足をからめたりツーはのけぞったりした。のけぞったときランニングシャツのすそがめくれてへそが見えた。ぼくは寝ていたらしいが劇はおぼえていた。ぼくに瓜二つの黒いランニングシャツを着た髪の長い人間が出て来て、小脇に豚、小さな豚を抱えていて、悪いなと豚に優しくいいながらナタで首を落とした。ゴロンと豚の首が床に転がった。不思議と血は出なかった。小さな人間がいつの間にか舞台に寝そべっていて、ランニングシャツが「おい」と声をかけるけど小さな人間は微動だにせずそのままの体勢で、

「パパはもう動かないぞ」

といった。するとランニングシャツ、
ツー
とわたしは書いた。

そのランニングシャツの名前はツー
ツーが、こういった。

「人間が一番恐れる体勢をパパはとるのか」

「と申しますと?」

とパパと呼ばれた小さな人間がいった。

「カフカが書いている」

ツーがいった。

「理由もなく行倒れになってそのままいつまでも転がっているような者を、人びとは悪魔のように恐れる」

「かふかというのはどこのどいつだ」

パパがいった。

「ドイツ語で書いたただの小説家だ。大昔に死んだ」

「殺されたのか」

「結核で死んだ」

ぼくは大嫌いだこういう劇は。筋がよくわからない上に役者も上手いと思えない。下手だ。素人だろ。もしくはプロ気取りの素人。理屈だけ装備した逆立ちも出来ない軽業芸人。綱の渡れない綱渡り舞踏家。ヒヤヒヤさせるだけはプロよりさせる。落ちたらお終いじゃないか。最悪じゃないか。死ぬのを見せるというのか。毎回毎回。役者が何人いても足りないじゃないか。何か引っかかるものはあるかとじっと我慢して見てても何もわからない。ああいう劇をする人らはあれをおもしろいと思ってやってやっているのだろうか。それともやっぱりわからないしつまらないと思ってやっているのだろうか。君は教師はおもしろいと思ってやっているのかとムエイドゥがぼくに聞いて来たときぼくは何もこたえなかった。どうしてこたえなかったかというと素人に話しても仕方がないと思ったからだった。なぜムェイドゥがそんなことをいうのかぼくはわかっていた。わかっていたからこそこたえたくなかった。実際を知らずに実際の中にいるものの苦悩が理解出来るはずもなく、外野は黙ってろという気持ちだった。テイート（仮）になら話せた。実際を知っていた。

「くだらない」

パパがいった。

「お前は実にくだらない人間になった」

パパは仕事をしなくなってしばらく経っていた。ぼくは行っていれば中学の三年生で背はパパよりはるかに伸びて、だけど声は小さいときのままだった。

そこまで話してママが黙ったから、で？とわたしは書いた。で？　ママにおいては劇はそれからどうなるのとわたしは書いた。半分寝ながら見ていたにしてはカフカの引用なんか持ち出してママは怪しいとわたしは考えていた。作り話じゃないか？

「とにかくだからそのランニングシャツと小さな人間のやり取りが続いて、それからエプロンをした大きな人間」

そうだ思い出した。思い出したというのはママと劇のことを話していたとき、いつかの車の中でだったか旅から戻ってから、しばらくしてからムェイドゥを見つけて帰って来てから。そのエプロンこそがママに似ていたのであって、ランニングシャツじゃないとわたしは書いた。なのにママはランニングシャツこそが自分に瓜二つだったとかいう。というかそう書いている。わたしにはランニングシャツはママとは全然違っていたし、久しぶりにぼっきしたし、ママを見てぼっきしたりしないんだからランニングシャツはママとは違った。

「ぼくを見てぼっきしたのか」

だから違う。わたしがぼっきしたのはランニングシャツにでママにじゃない。

「しかしそっくりだったじゃないかぼくに」

人間には人間は荷が重いというエプロンのセリフをわたしは思い出していた。

老人はわたしの後ろ、ママの右斜め前からずっとツーを見ていた。

わたしはこう思う。もしこれを読んでいる人がいるとして、わたしという人間も知らずに、その人にわたしの書くこれが理解できるだろうか。しかし理解とは何だろう、誰かが書く、書かれたものを誰かが読む。字で書かれているから字が読めさえすれば、読める。が、読めたそれが何を書いているのか、書こうとしているのかがわかる、理解できる、というのは別の話で、読めるより理解の方が大きな顔をしている。どの絵でも目玉が目玉の機能を果たしていれば、見ることは出来る。しかしその絵を見て「これはああだ。あれはああだ」ということは誰にでも出来ない。出来る人の方が大きな顔をしている。もしくは出来ない人が出来る人を「講釈をたれやがって」とばかにする。どちらもばかじゃないか。読める、見ることはできる、見れずとも読めずとも触ることはできる、それすらできないが生きてはいる。それでじゅうぶんじゃないか。わたしは今日は調子が悪い。気圧だ。話を戻す。

に戻す。

老人はわたしの後ろ、ママの右斜め前からずっとツーを見ていた。

わたしや他の人たちだってママだって寝ながらだけど見ていたけど老人の見ているはそれとは違っていた。老人はただ座って見ていただけだったけど出演者だった。じっと見ている役。それがわかったのは劇の後の飲み会で老人は小さな人間、猿を演じていた、わたしが「猿」だと思い込んでいたものは猿じゃなかったのだ人間だった！

驚きだ、まったく俳優という仕事をするものの技は、の横にいて、小さな人間が老人に何かいうのをわたしが聞いていたときだった。老人は「あんたは見るってことがわかってねぇ」と小さな人間にいわれていた。劇でしていたことを正されていた。

「ダメ出しっていうんだよ」

小さな人間はわたしにいった。

「見るってぇのはただ見りゃいいってわけじゃねぇんだ。ただこの両の」

わたしにも聞こえるように少しわたしへ小さなからだをひらいて、小さな人間は自分の小さなふたつの目を右手の短い人差し指と中指で指した。

「目玉を向けるんだよ。でも脳味噌につなげちゃいけねぇよ？　今日のあんたみたいに。脳味噌は無視。味噌の反応だけを使う。それ以上使っちゃうと見たもののことについて考えちゃう。あんた今日は何考えた」

老人はしばらく考えて

「昔山で見たくまのこと」

といった。小さな人間がいった。

「だろ。そうなっちゃうとただ見るとはすることが違っちゃう。わかるかい?」

「しかし脳味噌は何をしてようと動くものじゃないですかい」

「それを止めるのが俳優だよ」

「俳優はやはり異能だな」

「たとえば馬に乗る役があるとするだろ。おれは演出家に聞くんだ。ただ乗るのかい? それとも目的なりがあって役のこいつはあれこれ考えているのかい?って。すると演出家はいうわな、

「そうだな。向かう先でのことを考えておいてくれ」

しかしこれはかなり優秀な方の演出家の場合だよ。無能はおれの尋ねてる意味もわかってねぇ」

「ただ見ろとあんたはいっているんだな」

「そうだ」

「しかしだとして山のくまを思い出してるのとどう違う」

「全然違うよ」

「客にわかるかね」

「むしろ客にだけわかる。人間をなめちゃいけねぇよ。人間は俳優が口にするセリフや動作や、ここにはねぇが、おれが取っ払ったんだが明かりや音や音楽を見たり聞いたりして反応しているんじゃねぇ。生きた人間、俳優がそのときどきに発する千変万化のアトモスフィアに反応してるんだ。町を歩いていて人だかりを見たとき誰も何もいってないのに瞬間に何が起きているのかわかるだろ？　細かなことはともかく楽しいのか深刻なのか誰かが死んでるのか。わからなくさせてるのは脳味噌だよ。邪魔なんだよあれは。しかし脳味噌がなくちゃおれたちは動けもしない。間の言葉がねぇから察してくれよ」

10

大きな石の見えるところにバスを停めた。そこに人がたくさんいたからだった、たくさんといっても二十人はいなかった。運転手がまずは降りた。続けておれが降りた。バスのそばにいた一人の小さい人間が降りた運転手に話しかけた。どこからおいでかね。小さい人間にここはどこだとおれは聞いた。ここは火山だと小さい人間がいった。火山の町だ。そんなものはないとおれはいった。非常に不思議な顔を小さい人間はした。

「ないといったってある」

小さい人間は髪の白い、ひげも白い、老人だった。知らないとおれはいった。知らないどころかそんな火山なんか見たことも聞いたこともない。老人の顔に影がさした。暗い顔をしたという意味じゃない。文字通り影がさした、暗くなった。老人はおれの斜めうしろをびっくりした顔をして見上げていた。クィルとノラがいた。

小さい人間は「下から来たものでこんなに大きなのはみたことがない」といった。そして「だからどうかお願いだからそのからだを使って埋めるのを手伝ってくれ。ここらはわしらには地面がかたい」といった。おれは「かたいも何もここはあんたらの土地だろう」といった。「わたしらの土地とはどういう意味だ。土地は誰のものでもない」と小さい人間はいい、急に気がついて、考えて、「とち、とは何だ」といった。おれは足でどんどんと地面を踏んで「これ。これ」といった。「しかしあんたそれは誰のものでもない。わしらが生まれる前からあったしいなくなってからも、ある」「あるがしかしあんた、そこに人間がいるんだ、誰かのものにしておかなきゃもめるべや」「何もめるんだ」「すみません」と誰かが小さくいった気がした。何人もいたからそのどれかには違いなかったが、見渡してもあんな小さな声を出しそうなものがいない。「すいません」また聞こえた。「誰のとちだというのはどういうことだ。他にたとえるとしたら何だ」「誰の牛だ」「牛は誰のものでもない」「しかしうませて飯を食わせたものがいるだろう」「それが誰かということか」「そうだ」「ふむ。いたとしたらそれは、この星だ」星と来た。小さい人間は話しやすいやつではあったが外面がいいだけだという疑いがおれにはあった。クロダはおれは外面はいいんだとよくいっていた。「　」で書かないと、おれは、としてしまうとまるで外面のいいのはおれのようだからやり直そう。クロダは「おれは外面はいいんだ」とよくいっていた。身内にはきついが外にはいいツラをするということだったんだろう。しかしおれに対して面が良かったわけではなかった。やつにはおれは身内だったのかもしれないがだとすれば迷惑だ。

「早くして」

と小声がささやいた。小声がささやくのはおかしい。ささやきはいつも小声だ。そこらでおれはその声が何の声かようやくわかった。ノラとクィルがしゃがんでいた。その前に死人がいた。きれいな、というか急いできれいにした板に乗せられて色とりどりの花で飾られて死人が寝ていた。ささやいていたのはその死人だった。ノラが死人の口に耳をつけていた。何ていってる。

「早くしろ、いつまでもここで死んでいるのは恥ずかしい」

確かにとノラが笑った。並びの悪い歯は相変わらずだった。クィルはあぐらをかいて死人と手をつないでいた。「この子は」と小さい人間が死人を見ながらそういった。この子は見ての通り小さな子で、小さいときから小さかった。この子だけじゃなく見てもらえばわかるようにここらのものはみんな小さい。火山の子、と昔はいわれてあんたたちのような大きなやつらに、おれはそんなに大きくない、わしらよりは大きい、蹴られたりした。殺されたものもいた。殺し返したものもいた。わしらは元からここにいたというよりは、わしらは元からここにいるのだが、大昔の、こういういい方は好まんが「せんぞ」はここよりもっと北から来た。好まんというのはようするにああしたものは都合よく、わしらに都合よく伝承されているものだろうからで、好きに解釈するのが可能だからで、わしはそうしたものは気に入らん。良い面もあればつらい面もあるのが生き物だ。猫は可愛いがねずみにはつらい。山が踊るのを今ここに生きているわしらは見たことがないが昔のものらは見たそうだ。山から血が流れてその血は熱いらしいじじい、と小さい声がいった。じじい、いいから早くしろ。埋めろ土に返せ、岩に返せ、山に戻せ。「じじい」というのはどうやらこの小さい人間のことで、といってもどれも小さいのだけど。そしてだいたいがじじいだったのだけど。ばばあはどうした。いないのか。「もちろんいる。家にいる。みんなでカルタをしている。死人をきれいにと興味を持つのは」じじいたちだけらしい。

パパの夢が長すぎる。ぼくはバスで、ぼくもバスで寝ていたわけだが、ずっと寝ていたというわけじゃもちろんなかった。ママとも話した。そんなことをいえばほんとうはパパもそうだった。何度か目をさました。さましたように少なくともぼくには見えた。それにパパもママと話すぼくが何を話していたのか気になっていたはずだ。いや待てよ、とママは書いていた。

いや待てよ。誰がママだ。どこからこの大きなひげの人間がママになったのだ。確かにぼくはこれを、それを、ママだと確信したおぼえがあった。しかしそれはいつだ。

ママは何かを思い出そうとするように書いていた。

パパがまだ若い頃、捕鯨船のあと、パパは葬儀屋で働いていて、そのときにはもうママがいて、だけどまだ一緒には住んでなくて、パパは小説を書こうとしていた時期があった。どんな小説だったかぼくは聞いた。パパは話してくれた。交通事故にあったのはその次の日だ。

葬儀屋に勤めているおれは電車に乗って劇団の稽古場に向かっていた。稽古場には仲間がいるはずだった。なのにいなかった。二人いるはずだった。二人の一人とおれは付き合っていたつもりでいた。なのにそいつはもう一人と二股をかけていた。

前の日はおれといた。次の日はもう一人といた。おれはそんなこと夢にも思ってなかったが向こうは違った。おれというものがありながらそれを承知で二股に甘んじていた。

「変だよその言葉づかいは」

「何が」

「おれというものがありながらそれを承知で、ってそこがまずおかしい。そんなものは承知だよ。おれというものがありながらやつは二股をかけていた、でしょ。甘んじていたもおかしいよ。甘んじて二股をかけられていたのはパパだよ。でもその場合パパが二股をかけられていることを知っていなきゃダメだよ」

「もう一度いってくれ」

「おれというものがありながらそれを承知で、ってそこがまずおかしい。そんなものは承知。おれというものがありながらやつは二股をかけていた。甘んじていたもおかしい。甘んじて二股をかけられていたのはパパ。でもその場合パパが二股をかけられていることを知っていなきゃダメ」

「知らなかったもん」

「なら変だよ」

電話がかかって来た。おれは出た。何してるんだ早く来いよ。稽古しようよ。もうやめると二人はいった。決めていたんだ実は数週間前から的なことをいった。空を夜なのにヘリコプターが飛んでいた。操縦席からは建物の屋根の下にいるおれは見えなかった。屋根の下にいるおれにはヘリの音は聞こえていたけどヘリは見えてなかった。おれは仰向けになってヘリではなく天井を見ていた。電話はさっさと切っていた。クズやろう。ゲスだ。イケしゃーしゃーとつかれる嘘ほどダメージを受けるものはない。正々堂々といえば済むのになぜいわねんだ。うす汚ねえ。傷つけたくなかったんだとでもいうのか。逆上されるのが怖かったとでもいうのか。いずれにしても保身じゃねぇか。雨が降って来た。ここも閉まる。仕方がないから建物から出て、稽古場から出て、一人で、雨の中。気を引いてるわけじゃない。そうだったということだ。誰もいないんだ誰の気を引くっていうんだ。うーむ失恋。まだおれも若かったからな、つまんねぇなと思って、朝まで時間を潰したのか忘れたけど、電車に乗って海が見たくて。海の見えるところまで行った。

一九四四年の三月十二日のキティーにアンネはこう書いていた。

いっぽうでは、彼といっしょにいたくて狂おしいほどなのに、

彼というのはペーターのこと。

おなじ部屋にいられることはほとんどないし、彼のほうを見ることもできない。かと思うといっぽうでは、どうして彼がわたしにとって、これほど切実な問題なのか、どうして自分ひとりで満足していられないのか、どうして以前のように平静な気持ちにもどれないのか、

この五ヶ月後、ナチスが来ることをわたしは知っているから「この五ヶ月後ナチスが来る」と思ってここを読むわけではない。わたしは読むたびに最後の日記のあとに、それが最後の日記だったと思い、ナチスが来たと書かれてある説明を読んで「そうか」もしくは「そうだった」と思う。キティーから離れて思い返すと八月にナチスが来るんだよなと思うのに読んでいる間にそれを思うことはない。わたしはマのパパやアンネみたいに誰かが気になって仕方がなかったときなんかあったかなと思い返したりするわけでもない。ただふむふむと読んでいる。ふむふむ、の説明がわたしにはむつかしい。セツナク思っているのでも、カナシク思っているのでも、

何とも思っていないわけでもなく、全部思っているともいえるけど、いうと違ってしまうような。だからふむふむなのだけど。アンネは海を見に行くことは出来なかったしアンネは失恋していたわけではなかった。

アンネの話になるとわたしはほっとした。何しろママのパパの話というか、今はママが話しているのだけどママのパパの小説の話は長いし、そもそものママのパパの夢の話が長いし、よくわからないし、しかし書かれているのだから書きうつさねばわたしはならないし、ならないということもないのだけど、なのでわたしは前から買っておかなきゃと思っていた薬を買いに薬局に行く。咳ほどのものじゃないけどたまに出て、奥に痰がうすく詰まっているようで、咳をすると痰が出る。何ヶ月か前に風邪をひいて、それ以来そうだ。まさかあのびょうきがまだいるのかと思うけどいるんだろうし、そうだったら別にそうでいいんだけど。だからわたしは咳痰の薬を買いに出て、なぜか神経性の喉の詰まりに効くと書いてある薬を買って来てしまった。要するに間違えた。こんな長々とママのパパの、ママの、よくわからない話を書きうつしたりしているからそんなことになるんだ。で、とにかく海に出て、出た。そこでおれはもしかして殺人か？というような場面を見た。人間が人間に突堤の先へ追い詰められて、よくは見えなかったんだけど拳銃のようなものを向けられて、撃たれた。撃たれた人間は海に落ちた。大変だ、と思ったはずなのだがおれはおにぎりを食べていた。そしておれは撃たれたのはおれだと思った。弾丸が背中からみぞおちに向けて発射されたのがわかった。確かにわかったんだ。撃たれたのはおれだ。とすればだクィル。大きなひげの人間がノラでも、ママでも、何の不思議もない。

「え」

わたしがいいたい。え、

「何」

「これは小説の話？」

「何の話をしたらよかったんだよ」

11

ごえもんがはぁはぁ荒い息をするし咳をする。一日目は毛玉が吐けないのかとわたしは思った。二日目もそう思いながらしかし長いな、毛玉じゃないかもねといったのはトゥスィクゥ。お腹と胸のあいだがきゅうっとなった。わたしのだ。息が浅くなった。気が遠くなり手足が冷たくなった。今までなら二日もそんな風にはしなかった。毛玉じゃない。先生に電話をしたらすぐに連れて来なさいといった。来なさいとはいわなかった。連れて来られますかといった。先生はいつ電話しても出てくれた。いないときは折り返し電話をかけて来てくれた。メガネをかけた大きな先生。看護師の方がいばっていた。わたしは病院に行かないが猫は連れて行く。というかトゥスィクゥがうるさい。だけどびょうきが流行ったときあの人も薬を飲んでない。だけどは変か。ツスィも飲んでない。いつ飲むものなのかわからなかったといっていた。だけどツスィは自分の病院へはよく行く。だけどは変か。アンネはもちろん隠れ家にいるから病院へは行けない。病院どころか黄色い星をつけなきゃいけないしユダヤ人は自転車を供出しなくてはいけない。

電車に乗ってはいけないし、たとえ自家用車でも、自動車を使ってはいけない。

午後の三時から五時までのあいだにしか買い物ができない。

ユダヤ人の床屋にしか行ってはいけない。

夜八時から翌朝六時まで、家から一歩も出てはいけない。

劇場や映画館、その他の娯楽施設にはいることを許されない。

プール、テニスコート、ホッケー競技場、その他いっさいのスポーツ施設に立ちいってはならない。

ボート遊びをしてはいけない。

公共スポーツに加わることは許されない。夜八時以降は、自宅であれ、知り合いの家であれ、庭に出てすわっていてはいけない。

キリスト教徒を訪問してはいけない。

ユダヤ人学校に通わなくてはいけない。

これらはしかし隠れ家に隠れる前の話。一九四二年七月八日の水曜日、家の裏のベランダで寝そべりひなたぼっこをしながら本を読んでいたらマルゴーが息せききって来て、パパにナチスから呼び出し状が来たらしいという。そして今暮らしている家を出て隠れ家に向かうことを知る。パパとママは計画していた。アンネはそのときまで何も知らなかった。息が浅くなり気が遠くなったはずだ。落ち着いて落ち着いて。何でもないわよ。こうなることはわかっていた。だってネル、わたしはこれをこれまでにも何度も経験して来た。おぼえてなんかいないけど。

荷物にはまずキティーを入れた。ああそうだ。わたしもママと部屋を出るとき、まっさきにカバンに入れたのはノート。ママはママのパパと部屋を出るとき荷物はママのパパが作っていたのでママは最後にノートを入れた。アンネには猫がいた。モールチエ。隠れ家には連れて行けない。わたしが預かったことにした。ごえもんはもう半年近く毎日点滴をしている。点滴じゃなくて輸液。水を入れる。もうじんぞうがよくないからそうしている。その水が肺とかにたまっていた。しんぞうにも。しんぞうはたまったのは「ふたん」か。輸液をやめて薬を飲ませて様子をみよう。ツスィもトゥスィクゥも昼間は仕事でいなくなるからわたしが見ていた。アンネ、大丈夫。わたしが見てる。その前はわたしはクロも見ていた。クロはツスィが連れて来た白い猫で、黒いシロとキジトラの白のロクと一緒に三匹で、ツスィも入れて四人で来た。その少し前にトゥスィクゥが来た。クロはとーにょーびょーで、毎日注射を二回打つ。何日か前元気がないような気がして血糖値を測ったら高くて注射の量を少し増やした。それが原因じゃないと思うけどおしり、こうもんの横が赤く腫れて痛そうにしていると思ったら破けて血が出た。だからやっぱり病院へ連れて行った。ツスィもトゥスィクゥも昼は仕事でいないから家ではだからアンネ、自慢するわけじゃないけどわたしが見ていた。そしてわたしは熱を出した。少しがんばりすぎたんだと思う。何しろずっと見ていたからね。ごえもんもクロもシロもロクも元気だったり病気をしたり元気がなかったりしながら元気に生きている。ちなみにロクはごえもんの弟分ということで本名はロクエモン。

　火山の町を出て海沿いを一直線にサキへ入った。火山の町の人たちが出発するのを見送ってくれた。気をつけて。また迷い込んだら会いましょう。あれ以来火山を見たことがない。サキは思っていたより大きな町で、大きいと聞いて思い浮かべるほどには大きくはない、ママはあなたは何度も来ているといっていたけど、ネルの記憶にはないようで、字を書く前のことだったからわたしは書き残してもいないがぼくは書き残していた。

ネルがはじめてサキへ来たのはわたしが三歳、岬までの湾の海沿いに車を停めてぼくは海を見せて、岬を見せて、古い記念塔にのぼりママと夕日を見た。夕日を見た帰り人のいない公園で立派な角をつけた大きな雄鹿をネルは見つけた。暗くなる前、青い時間、鹿も青かった。わたしはその鹿の記憶だけあったのは何度もぼくに聞いたからだとネルは書くけど聞いて記憶したのかそのまま見たものを記憶しているのかはぼくにはわからない。回転寿司屋があった。夜はあそこで食べようかとママがいったとわたしは書いているがぼくはネルが書いたと書いている。歩いている人はたまにしか見なかった。みんなマスクをつけていた。駅を見て、坂をのぼり、くだり、昔ママがママのパパと暮らしていた家、ママとママのパパとママのママとが暮らしていた家を見て、まだあってぼくはびっくりした。小さな二階建ての一軒家。戸は板を打ちつけられて入れなくされていて誰も住んでなかった。ここのことはよく話で聞いていたからわたしはまるで自分がかつて住んでいたような気分でそれを見ていた。ぼくにも小さなネルが玄関の中からぼくを呼ぶような気がした。
それから岬へ向かった。岬までの道、湾の半円の内側、海沿いを走った。半円の頂点のあたりに小学校があった。ママのママが先生をしていた学校とママがいった。ママのママは毎日この海を見ていたのかとわたしは思った。ママはこの海を毎日見ていた。

大きなひげの人間が校庭のはしに立ち海を見ていた。

海は遠くからの風で白波が途切れることなく立っていて、それはたくさんの白いうさぎがあわてて飛び出して来たようで、寄せては返すというよりは寄せて寄せて。顔に風を受けてひげが風になびいていた。このような形で会うことになるとは思わなかった。再会に乾杯、といいたいところだけどまだあなたはお酒は飲めないからジュースか何かで。だけどジュースも何もない。ママ、とクィルがいった。もうママとママのことを呼べるようになったのだ。大きなひげの人間の目に涙が溜まっていたように見えたが、風が顔に吹きつけていたせいだ。何か話さなきゃとの思いでクィルは「ママ」と口にしてみたのにいざとなるととくに話すこともない。それでもせっかくだからと話してみる。

「パパがね、まるで頼りなくて困ります」
「あれはああ見えて、いいやつだよ」
「ママ。ぼくに生理が来たよ」

バスでは結局ぼくとパパは後半のほとんどを寝ていて、大きなひげの人間はサキへ着く少し前、ぼくが起きたらいなくなっていた。パパはもう起きていて熱心に小さなメモ帳に何か書いていた。仕事のことかと思っていたけどパパが死んだ後でそれは見ていた夢の話だったとわかった。サキへ入った。ぼくはずっと窓外を見ていた。ガソリンスタンドが見えたからもう少し行くと回転寿司屋が見えてくる、見えた。パパとぼくはいった。夜はあそこで食べようよ。ん、とパパがいったからぼくは忘れられないように、

「回転寿司」

とはっきりいった。ああとおれがいったとクィルは書いていたけどおれにそのおぼえがないから結局食べずに仕事を終えて急いでバスに乗るときクィルは「回

転寿司食べるっていったじゃないか」といって少し泣いた。しかし仕事を終えてのんびりその場に残るのは危険だ。仕事といってもウロウロ歩いて探すだけで途中でご飯も食べたし回転寿司の機会は何度もあった。なのにパパは「終わってからだ」というからぼくは楽しみにしていたのにパパはバスに乗った。ぼくは納得がいかなかった。家についても忘れられなくて、さすがに少ししつこいとは思ったからもういわずにいたけどしばらくぼくはパパと話をしなかった。

駅が見えてバスが停まった。駅はずいぶんきれいになっていた。よその駅みたいだった。バスを降りて、

「さとて」

とパパがいった。ぼくは何のことかとても気になった。さとてって何だ。

「さてと」

パパがいった。いい間違えていた。緊張していたんだ。

母がいて父がいた。三人で暮らしていたそんな日々があったなんてもう大昔すぎて私にはほとんど嘘のようです。父は車が好きで今はもう大きな白い車だけになってしまいましたが最盛期にはうちには車が七台あった。月曜日はこれ火曜日はこれって曜日ごとに乗り換えて。白い大きな車は日曜日の車であれだけが残って故障したら直してもらってましたがどうでしょう。長く車をして来た車です。最後に長く走ることが出来てよかった。

私が背が伸びなかったものだからか父は私を目の中に入れても痛くないとよくいい、入れようとしていました。父なりの、私を不憫に思うあまりの、何が不憫なのでしょう、背が低いから？　いいやだからこそこの子はわしには特別なのじゃとでもいいたいのか、いいやの言葉は何にかかっていましたか？　それにわしとはいいませんでしたが父は、愛の、行為？　いくら私が小さいとはいえさすがに目には入れませんでしたしすごく迷惑でした。上のまぶたと下のまぶたのはしを両の手で摑んで引き裂いてやろうかと待ち構えていたものです。引き裂きさえすればあとは眼球だ。あれは針で突くと球自体に弾力があるが角膜は硬いそうで刺さらず跳ね返すんだそうです。しかしそれも時間の問題だろう。母が死んで「パパは絶対に死なないよお前が死ぬまで」といっていた父が死んで私は一人になりました。

一人で長く暮らして来ましたがそろそろ飽きて、緑道で一人でいた犬を連れて帰って飼うようになりました。名前をつけてしまったらもうそれはそれでしかなくなるような気もしたので名前はつけず、おいと呼んだり、ねぇと呼んだり。たまに機嫌の良いときは「いぬ」と呼んだりふざけて「たぬき」と呼んだり。

その前は猫がいたような気がしますが、思い違いの気もします。そこらの野良が出入りする家でもありますからね。どれかの猫には名前がつけられていた気もする。ごえもん。しかし私はやはりごえもんという名前の猫なんか知らない。名など残すべきではない。名などあろうとなかろうとあなたが消えて百年も経てば、百年もいらない、あなたの名などおぼえているものはいない。あなたに曾祖母はいますか。曾祖母にも母はいます。名前は何といいますか。しかし生きていた。

彼は何度か私と同じ名の人間の話を私に書いた。私にはまともな人間の話でした。教師をしていた人間の話。人間はパートナーも出来て子どももうんだ。しかしその人間はパートナーと子どもの前から置き手紙を残して姿を消した。置き手紙の内容も彼は書いてくれた。少しくどい文章でしたがくどさでは私も引けをとりません。私はノートに書きうつしさえした。あなたのママの話です。彼は私をママムと呼んだ。いつからそう呼んでいたのか私の名前はノラといいます。ノ、に、ラ、でノラ。あなたのママと同じ名前ですね。

ムェイドゥは岬でわたしが見つけた。いや、わたしが見つける前にわたしはとっくにムェイドゥに見つけられていたのだけど。ムェイドゥは人のいない閉まった売店の横で顔を両手で押さえていた。だけどわたしにはそのときは、ムェイドゥは顔を両手で押さえた小さな老人でしかなかったから、何しろわたしはムェイドゥを見たことがなかったのだから！　老人の手のはしから赤いものがわたしには見えたから、血だ、とわたしは思って近づいて、老人が私に気がつき顔を上げた。怯えたような顔をした老人にわたしはなおも近づいたけど何もいわずに、ハンカチを渡そうとしたけどわたしがハンカチを持っていたはずはなく、両手で、そのままそのまま、というつもりで両手をバンザイの状態から下に下ろすような形を何度もして、まずは車だママだママだと、わたしは車に戻ろうとしたら「いい、いい」と老人は気が動転していた。転ぶか何かしたのだきっと。だけど誰も見てなかった。しかしわたしに見つかってしまった。でももう大丈夫。わたしは走ってママの車まで戻り、ハンカチハンカチ、とネルは声に出していうのでぼくはハンカチを渡してどうしたというようなことをいったはずだ。ネルはそれにはこたえずハンカチを持ってまた走って行くのでぼくは車で追いかけたら小さな老人がいた。

家に連れて帰りました。どうしてあんなことをと今になって思い返せば変だし嘘じゃないかと思いますが、正直いうと、毎日彼に会いたいと思うようになっていたのは事実です。私はたまに彼と道で会い話すのがなぜか楽しかった。なぜなぜかなどと私はいうのか。なぜも何もないじゃないか。ざわつきましたからねどうしてかその思いに私は。ずっと話していたいと思っていた私のその気持ちというのか感情というのかその動きに対して。鈍器で殴るなりして気絶させて連れて帰るのはどうだろうと犬と話していたのをおぼえていますが犬はもうぼけていたし私に持てる鈍器は花瓶ぐらいがせきの山です。花瓶なんかで殴ってもけがをさせるだけで気絶したりはしない。そんな思いが私にあんなことをさせた。私もまだ若かった。

ムエイドゥは窓の外、今わたしがいるアパートの部屋の窓の外へ出て、出たらそこは下の階の天井の上、屋上というわけではなく柵のない、そこへ出て、何をしていたのかムェイドゥは記憶が戻ってからも思い出せなかったけど、思い出せていたけど話そうとしなかったのか、わたしはまだママから出てもないし、はじまってもたぶんないし、ムェイドゥがいうにはそこへ出たおぼえもなかったけど、出たから落ちた。

ムェイドゥのパパは飛び降りた。わたしは上から下を覗き込んで見てみた。高かった、けどちょうど真下に自転車置き場の青い屋根が二つ並んでいて、当時もあったとして、あそこに落ちたら跳ねてたぶん死ねない。骨くらい折るかもだけど運がなきゃ死ぬだろうけど。しばらく気絶していたのだと思う、だけど気がついてからだを起こしたらそこがどこなのかムェイドゥはわからなくなっていた。道へ出て少し歩いたのだろうマムと道で会ったのだから。マムは話しかけたはずだ。犬もいたはずだ。話しかけたがムェイドゥが変なのはわかったはずだがマムは、靴もはいてなかっただろうし。救急車も呼ばずにマムはムェイドゥを家に連れて帰った。野良猫を家へ連れて帰るのと変わらない。野良猫ならしかしまずは病院へ連れて行くとトゥスィクゥはいっていた。

　わたしたちに見つけられたムェイドゥはけがのショックで話さないのかと思ったらマムに聞いたら家へ連れて帰ったそのときからほとんど話さなかったらしい。

その前、道で何度か犬の散歩中会っていたときは話していたしもちろんママとも話していた。筆談も試してみたけど書こうとしなかった。しつこくマムがしむけて何年かしてようやくたまには書くようになった。そして書くようになった。

ぼくたちを観察するようになったのは筆談の前かあとかとママがマムに聞いたら忘れたとマムがいったとママは書いていたけど、いろいろ話を総合するとムエイドゥが記憶を取り戻しわたしたちを思い出し見るようになったのは筆談をする前後だ。

だから前かあとかを聞いたんだ。

となるとぼくたちを見ていたムエイドゥをマムは見ていたわけだし、ぼくとネルがムエイドゥの何なのかを知っていたはずなのだから連絡ぐらい出来たはずだ家も近いのだし。どうして連絡なりしてくれなかったのかとママはマムにいった。マムはきょとんとした顔をして「そんなことをしたら私はまた一人になってしまう」といった。それはどういうことだとぼくはいった。「ですから」とマムのするそのことの説明、また一人になってしまうということの説明をわたしはママと聞いたけれど何度聞いてもわたしもママもわからず、だって仮にぼくやネルに「ここには実はムェイドゥがいます」と連絡したところであなたは一人にはならない、というかなれないじゃないか。ぼくたちはすぐそこにいるのだし。ムェイドゥだって少しバツは悪いだろうがそんなのはしばらくの間だけで、お世話になっていたのだし、決裂したわけでもないのだし、行ったり来たり、あなたへも通うだろうし何しろ近いのだから！　もしかしたらあなたの元で暮らしながらぼくたちのところへ来たりしたんじゃないだろうかわからないけどムェイドゥのすることだから。

老人にハンカチを渡したら老人はハンカチを受け取り顔をかくした。わたしたちの目の前は海で、北の海で、ママがいうには冬になると風が強くて波も高い。だけどそのときは夏だし海も穏やかで、よく晴れて暑く、しかし「外へ出るな」の時期だったので人間は一人もいなくて、ほんとうに出ないんだ、老人がゆっくり立ち上がった。小さな老人。

「ムェイドゥ」

ママがいった。

彼はずっとあなたたちを見ていました。いつから見はじめていたのかは知りません。気がついたら見ていた。いないなと思ったらあなたたちのあとをつけていた。毎日あの窓から。あなたといたことを思い出していた。もちろんわたしは何をどう思い出していたのかはわからなかった。記憶が戻っていたんです。だけどすぐにわたしは思い出した。わたしはあなたを何度か見ていた。彼と歩いていたのも見た。あなたは大きいから目立つ。その目立つ大きなあなたが窓に見えた。赤ん坊を抱えていた。そうかとわたしは思った。彼はあそこに住んでいたのか。あなたたちの元へ戻られるのを恐れた私は隠れてあなたたちを見ていた彼を見ていた。あなたたちを見ていたことを私に見られていたとは彼は長い間知らなかったけどとうとう見ていた彼を見ていた私に彼は気がついた。犬が死んだのはその後か前か。何かいうならチャンスはそのときでしたが彼は何もいわなかった。私はせっついた。犬の死がそうさせていたんです。だから彼は少し書いた。起きたら書いたその紙が私の頭の横にあった。

お世話になっております。ぼくにはぼくに何が起きているのかの整理がまだついてません。整理がつかないまま死ねればいいけどそういうわけにもいかないだろ

ない

しい人間の元はぼくです。違うかもしれませんがそれはぼくにはたいした話では

ないでしょうか。あの二人は古い友だちです。おそらくですがあの小さい方、新

うという予感もあります。しかし今はどうかこのままそっとしておいてはもらえ

わたしにもとくにたいした話ではない。気にしていたのはママだけだ。そうい

うママがわたしは少しかわいそうになるが自業自得だ。ティート（仮）その他の

ことをいってるんじゃない。そうしたことを気にするママのその性質のことをい

っている。どう育てばそうなるのかママはそうだった。そのことをわたしはかわ

いそうだといっている。

それからもそれまでと変わらず彼はあなたたちを見ていた。結果的に私もあな

たたちを見ていた。あなたは見る見る大きくなっていった。見ている間に大きく

なっていくんじゃないかと二人で何時間もじっと見ていたこともあった。あなた

が勤めに出るのも見ていたし、あなたがセンターへ通うのも見ていた。見られる

限り見ていたんですよ。あなたがあなたを車に乗せて出ていくのを見ていただけ

ではありません。私たちは車にまで乗ってあなたたちのあとをつけた。サキへの

旅もだからそう。だから私たちはサキにいた。どうやって生活してたんだとお思

いでしょうが私には親が残したものがありますから生活の心配はしたことがないんです。日に何時間かパソコンに向かって時間を費やせばそれでいい。見ているうちに私はあなたたちを他人とは思えなくなった。あなたは大きくなるし口を使わずいつもノートを片手にしていて、いつもそれに何か書いていて、ときどきあなたがそれを見る。私はそれが読みたくて読みたくて。彼もそうだった。あなたがたまに捨てていたノートを彼は読んでいた。拾って来たのは私です。なぜそんなことが出来たか。ゴミ捨て場が同じだからです。何冊もここにあります。もちろん拾い遅れて持って行かれてしまったものもある。ここにあるのは奇跡的に持って行かれずにあなたたちに捨てられ、しかし私たちに救出された貴重な何十冊。あなたはそれも使ってこれを書いている。

12

サキへ着いて荷物は駅のコインロッカーに入れた。まだ丸三日残っていた。少なくとも二日は残っていた。ぼくは歩いて回りながらあちこちなつかしい景色を見ていたのだけどクィルは楽しそうだがおれはそういうわけにもいかずパパは口をきかなかったし、ぼくはなつかしい景色を見ていたはずなのに驚くほどなんとも思わなかった。サキは小さい町だったけど北の島の果てにある町だから、春だったけど春はサキでは寒い季節でまだ寒かったし、徒歩はさすがに限界があった。しかし車はなかった。免許はないが運転は出来たが金もいちおうあったが無駄には使えなかった。そこでとうとう二人は自転車を借りた。赤い自転車とクィルは書いていたが緑色の自転車だ、とママのパパは書いていた。二人はそれに乗って、緑か赤の、二人乗りじゃない。二台借りた。パパが何度も口にしていたのは、

「白い大きな車」

それはパパの中では必ずこの町にいたし、じゃなきゃおれたちはいったい何をしにサキくんだりまで来たというのだ。もしいなきゃそれはもう「おれの預かり知らぬこと」で、駐車場では必ず自転車を停めて見たし停めずとも見えた。車道では白い大きな車を見落とす危険と自身がさまざまな色をした車にはねられる危険とに注意しながら、しかしパパはその注意をどうしてそのあとも活かしきれなかったのか。とても見通しのよい道でパパは車にはねられた。

パパとずっとぼくはいたし、あれこれもちろんたくさん話したのにパパが車と衝突するとき、ほとんど即死と医者がいっていたそのとき、パパが何を見て、何かを思ったかどうかは知らないけど思ったとして、いちばん大事な肝心な瞬間、パパが何を見てどう思ったのかを知らない。

アンネもそうだった。生きているときはあんなにたくさんアンネに起きたことを書いていたのに死ぬときのことは何も書いてなかった。猫は生まれたときから言葉なんか使わない。わたしは使う。だけど猫も犬もみんな、木もしゃべっている。あれこれ思う。言葉じゃないじゃないかというのは人間だけで、あのヒトらがやりとりに使うものが人間には言葉とは思えないだけで、言葉は人間だけが使うものでだからわたしたちは発展してすごい戦争もやれるし電気も作るし、木を切れたり草をちぎれたり猫を捨てたり犬を生産して売り物にしたり出来る。地震と津波は、それから火山が踊るのも、それはどうにも出来ないけど。びょうきがはやるとただ怖がりすぐに薬を作るけれど。臆病なくせに偉そうになりすぎた人間は不憫だ。それを「偉そう」だといちいち考えるわたしはわたしで荷が重い人間でやっぱり不憫だ。ママのママ、ノラのメールを思い出した。

死ぬときなんて誰にでも来るのだし、生まれてきたときみたいに言葉にしないのに、ママは「いちばん大事な肝心な瞬間」と書いていた、もしかしたら人間のたくさんが知りたいときのことなのかもしれない、死ぬときのこと。だけど言葉は元気な人の使うものだ。元気でからだの機能の全部がいちおうフル回転で動いている十代とか二十代とか、六十とか、ギリギリ七十。八十でも元気な人はいる。死を遠いものと考えるまでもなく考えている元気な人。戦争の真ん中で隣で仲間が死んでいてもそう思うしかない元気な人間。夢を話すようなもので話せてなんかいないと知って話すように、そのようにしてわたしは話すし書くけれど、それは元気だからだ。わたしはどこかで大事なのは、あいだではしじゃない、とも思っている。少し違う。はしも大事だ。どこも大事だ。だけどはしでは今わたしが使う言葉じゃ話せないし書けない。別の言葉というよりは、はしには言葉がない。生まれたての赤ん坊にも死ぬ間際の人にも言葉の網の目が大きい、か、ない。ないから話せないというか話す気がないというか、話したとしても、書いたとしても本心じゃない。はしにいない人へのサービスで、誰かがいなきゃ何も話さないし書かない。生きているときにいちばん死者に近い。でもだけどそれはわたしもそうだ。誰かがいるからわたしは話すし書く。てことは何。でもやっぱりわたしにはそれだけじゃない。誰も読まなくてもわたしは書く。わたしは黙らない。不思議だったとパパは書いていた。

いつも一緒に寝ているのに不思議だった。クィルの目玉は寝ているときまぶたの下でぐるぐる動いているのに、たぶん夢を見ているのにどんな夢を見ているのか知らない。起きて来たときについさっき見ていたはずの夢の話を聞いてもほとんどおぼえてない。おれはそれが大変不思議だった。おれの子どもだけど別の人間なのだと思った。誰の子どもで生まれてきても関係ないんだと思った。ものすごく関係ないから世間ではとても関係のあることとしているのだなと思った。ねずみの子と同じでねずみとしてこの世に来ることが大の目的でどこのねずみに生まれてくるかはどうでもいい。どこに生まれるかで、金持ちの家に生まれるか貧乏な家に生まれるかであれこれ変わるのは人間だけで、それこそを大事なことと思っているのは人間だけで、その人間だけというのがおれも人間だから捨てておけない問題なのだけど話を雑にして書く。それは金持ちになるか貧乏人で終わるかの話で人間としてこの世に来るのとは話が別だ。殴る蹴る毒を飲ませるような親のもとに来た人間は残念だが必ず崩れる崖の下に生まれたのと同じで、そこそこ大きな星だ、大きくもないのか、大きくはない星だ、同じ規格で作られる工場製品じゃないんだから仕方がない。そこは仕方がないが生まれては来た。奇跡、かな。いずれにしても奇跡ではあるのだろう。だけどしかしその奇跡は誰が奇跡だ。おれか、クィルか。人間か。奇跡ではないのか。ないような気もする。奇跡だなんていうからしんどい。

昔住んでいた家も見た。寄り道してる暇はないとパパはいいながら、急がなくてはならなかったとおれは思っていたがせっかくだからクィルとその家の前を通ってくれた。それからそしてムェイドゥの家。ムェイドゥはいた。タカカコちゃんもいた。タカカコちゃんはクィル！といって抱きしめてくれた。タカカコちゃんの頭のてっぺんをぼくはクィルは大きくなって見下ろしていた。ムエイドゥはニヤニヤしていたがぼくもニヤニヤしていた。ここにいるかとパパがいったけどクィルは「いい」といって、仕事なんだとムエイドゥにいった。大変ねぇとタカカコちゃんがいったとママは書いていた。じゃあと別れかけたときムエイドゥが「ぼくは行きたい」といったとママのパパは書いていた。「迷惑よ」とタカカコちゃんがいった。かまいませんよとパパがいった。クィルのおじさん?とタカカコちゃんがパパを見ていった。ええええこれの父親ですよ！　何度も会っていたじゃないか！　何度もどころかおれはすぐそこのあれに住んでいたのだし。住んでいましたよねと誰に聞いたわけではないが記憶が不安にすらなった。いや確かに住んでいたぞと思い直せたのはクィルはおぼえられていた。これの父ですパパです。何度も何度もクィルを連れてここへ、パパしつこい。タカカコちゃんは、ああ、といった。いっただけだった。髪が薄くなっていたとは思っていたが自分では少しずつだから減ってない気になろうと思えばなれたし薄くなんかなってねぇんじゃねぇかとおれは思っていた。クィルも何もいわねぇし。薄くなんかないよ。薄いのか。老けたのか。人はやはり老けるのか。そしてやはり死ぬのだな。星め。ていうか宇宙め。その向こうにある何かめ。

　ムエイドゥも自分の自転車に乗って、三人で、それからどこを回り、どこを見たか。わたしもママの運転でそこを回り、見た。丘を見た。緑、とはまだいえなかったけど春に夏が進入して来たら緑になる丘。牛がいた。そこにいろとパパが離れて行ってぼくはムエイドゥと二人で丘にいた。田舎道の丘、野原。牛が草を食べていた。日が暮れはじめていた。静かだった。垣根も壁もどんな種類の縁取りもなかった田舎道で、というのも、広大な野原では雌牛が寝そべったり立ったりしながら夕暮れの沈黙のなかで草を噛(か)んでいたからだ。ちょっとこれは作り話かもしれない、美化しているかもしれない、だが全体としてはこうだった。

　おれは丘をのぼりくだり、鉄塔まで行こうとしていた。サキという土地の名はそもそもその鉄塔の立つあたりの古い地名で、ここに水がかつて湧いていたのだ。その状態を当時の土地の人は「サキ（水の湧くところ）」と呼んだのだ。そしておれはそこにこそ的がいる気がした。どうしてと聞かれても勘だとしかいえない。勘かよとクロダならいう。適当な仕事の仕方してんじゃねぇよ。そもそもがダーツだろ。ダーツは何だったんだ。そんな昔の話は忘れた。もうずいぶん昔の話だ。あの頃はまだおれも若く、若いときには若いってことに気がつかない。どこまでも走れたし飛べたし徹夜だって平気だしどこも痛くないし死は遠い。若くして死ぬやつもいる。くじらなんか全然見えねぇからといって若いおれはおれのことばかり考えていたかというとそうでもなかった。『白鯨』を読んでいた。なかなか白い鯨の出て来ない『白鯨』を読んでいた。

白い車がいた。パパは白い車から遠く離れた地点、白い車まで緩やかな上がったり下がったりが三つあった、白い車は三つ目のコブ?の頂にいた。停まっておれは自転車を降りて歩いて白い車に近づいた。パパが昇り下りで二度消えた。二度目に消えてなかなか現れなかったのは三度目のコブの下にいたのだと思う。下にいた。下から見ていた。ママは、ぼくはムエイドゥと丘にいて牛を見ていた、と書いていた。そうか牛を見ていたのか、とママのパパは書いていたからママの書いたそれを読んだのだろう。牛だねとためしにぼくはいった。うんというぞと思いながらそういった。うんとムエイドゥがいった。ぼくはサキを出る前のぼくに戻ってた。ぼくは家なんか出てなくて、小さくて、ママもいてパパもいて、ぼくもムエイドゥも赤ちゃんだ。白い車のまわりには誰もいなくて、はて人間がいなかった。としたら的は中だ。車の中にいる。しかしどうだ。ああした、いわゆるキャンピングカーに誰かが尋ねて来るなんてことはあるのか。動く家だが家じゃない。コンコンなんてやったらびっくりしてしまうんじゃないか？　もし「ねらわれている」という自覚のあるやつだとすればなおのこと。逃げてしまう。どうする。前に回ってまずは運転席に人間がいるかどうかの確認だ。いない。いないがコンコンとやったら急いで運転席に飛び移り発進させてしまうかもしれない。ここは慎重にやるべきだ。しかしここでパパは気がついた。探している白い車がこの白い車かどうかがわからなかった。そりゃそうだナンバーとか聞いてないもん。確認をクロダに取らなきゃ。なぜその確認をおれはせずにいたのか。クロダのばかは入院中だったから忘れていたのだ。この仕事ははじめたときからだいたいが雑なんだ。何よりそもそもおれはクロダの連絡先を知らない！　確認なんか取れない！　これまでだって何度もじゃないけど何回かはあった。モロイもそうだ。どこにいるのかもわからないのに親子はモロイを探しに出る。非常に困った。緊張していた。おれとしたことが。自分の能力も顧みずかいかぶるからこんなことになる。いやいやかいかぶってなんかいないよ。さすがにそこまで厚かましくはない。ただなかなかいいやつなんじゃないかとは思っている。それはすごく実は思っているふしがおれにはある。クィルもそこは認めてくれるんじゃないか。ノラも。クィルクィルクィルとパパが呼んだ。ささやくように呼びながら近づいて来た。

「クィル」

何、とぼくはいった。なのにいやいいとパパはいった。ならなぜ呼んだ。そしてパパはぼくたちから離れて草の上に座ってたばこに火をつけた。「とり」とムエイドゥがいった。白い鳥がいた。大きな白い鳥だった。ここからがややこしい。あの車が的の車かどうかがわからない上に今さらながらおれは、そもそもその的がどんな人間だかすら知らない。聞くに聞けない。連絡先がない。どうする。

小さな白髪の老人が出て来た。そして続いて小さな老婆が出て来た。小さな二人だった。「え」とパパは口に出していった。二人？　あわててパパは二人の写真を撮った。撮ってどうする。撮ったがどうする。おれはじっと立っていた二人を見て、写真を見た。確かにあの二人だ、間違いないなどと思っていた。顔がよく見えてなかった。スマホをかまえて、こちらへ顔を向けるのを待った。的が二つとは聞いていないしだとすれば、というかあれが的だとすれば的はばばあの方ではなくじじぃの方だろう。今まで手にかけて来た的は全員男だったし。顔が見えた。写真を撮った。撮った写真を指で広げて見た。とくに何ということのない顔。静かそうな。まだ二人は車の外にいた。写真をもう一度広げて見た。何か、あれだなと、おれは思った。二人を、というかじじぃを見た。写真を見た。嫌な顔にじじぃの顔がなぜか思えて、ママのパパはそう書いていた。もう一度顔を上げて見たらばばあはいなくなっていた。じじぃ一人で、こちらを向いてないか。しかしおれは伏せているのだ。そのときパパはぼくとムエイドゥの先に車を見つけた。遠くてよくわからないが車の外に誰かいた。大きな、人間。だが遠い。見られることはない。そうパパは書いていた。じじぃはおれへ向いていたわけではなかった。その車の方を見ていた。車からもう一人出てきた。腰を折った、あれも年寄りか。非常に何か、不遜なものをおれはじじぃに感じた。不遜という言葉の意味をママのパパがわかって使っていたとはわたしは思わない。ムエイドゥは不遜だったわけじゃない。ムエイドゥは勇気がなかっただけだ。ママはそのことを知ろうとしなかった。だから、あれを的としよう。違ってたってかまうもんか。あれほどの一致はこのあと探しても見つからない。あいつだ。間違いない。おれの中にあいつへの小さな憎悪がある。勘がそれをあと押ししている。いけ、やれ、あいつだ。よし。おれは今そうしているように書いているがよく考えてみてほしい。そんなはずはない。思い出して書いているのだ今起きているように。テクニックだ。相手は年寄り。体力には勝る。達人ではない限り。まさかやつは達人か？　しばし観察だ。じじいが少し歩いた。ヨタヨタとして、からだに芯はない。軸もない。からだを動かして来た気配はない。あれならいける。足のひらに力がない。肩は上がっている。抜いたことのない肩だ。あれならいける。しかし小さいじじいだな。子どもみたいじゃないか。パパはツカツカと老人に近づいた。音もなく。といっても足の下は草でゆるい風が吹いていたからでパパの歩法ではなかった。坂を下って上って下って止まった。そして上った。小さな背中が近づいて来た。もう大丈夫だやつはまだおれに気がついてない。

ぼくはムェイドゥの横顔を見ていた。前に会ったときより成長していたけど背は相変わらず小さい。ぼくはほとんどムェイドゥを見下ろしていて、大きなひげの人間、ママがぼくを見上げていった。

「大きくなった」

タカカコちゃんはぼくを抱きしめていった。

「大きくなった」

車の前に立つネルも大きくなった。ネルは大きくなるのは少し嫌だったみたいだけどからだはあなたのものじゃない。からだはむしろあなたからいちばん遠いもののものだ。わたしはこのママの書いていることの意味がわからなかった。ぼくは腰が少しマシになっている気がしていたが腰痛はこの先ママを悩ませる。

「おい」

おれは老人に声をかけた。老人がゆっくり振り向いた。近くで見たら綺麗な顔だ。上から見たムエイドゥの横顔が綺麗だ。

「あんさんに何の恨みもござんせんが、一発殴らせてもらいやす」

とおれはいって殴った。老人が倒れた。おれは写真を撮って走って逃げた。あとはクロダからの「終わったか」の連絡を待って写真と共に報告して仕事は完遂。それまでにまだ二日ある。さっさと帰ろう。

てことは殴られて、そのあと岬へ行ったの？と私は書いた。ムエイドゥはうなずいた。車で？　運転出来たの？

「私はかつて峠の道をかっ飛ばしたりして逮捕されたこともあるほど運転がうまい」

マムがいった。サキからの帰りはママを白い車の中にあったベッドに寝かせて白い車は落ち着いたムェイドゥが運転して、わたしとママが乗っていた車をマムが運転して、来た時間の半分で家へ戻った。ぼくとパパとムェイドゥは自転車で競争だとかいって上り下りを猛スピードで走り抜けて、ムェイドゥの家まで戻って、別れて、またパパと二人になって、クィルが回転寿司とかいってたなとおれは思い出して、寿司でも食って帰るかと思ったけど、パパは急いでいて、ぼくは回転寿司といったことをそのときは忘れていて、駅まで走って、ちょうどバスまですぐで、だからバスに乗って、客はおれとクィルと他に一人で、まさか大きなひげの人間かと見たら、ほんとうに大きなひげの人間で、

「ヨォ」

と大きなひげの人間がいって、

「こんにちは」

とクイルがいって、三人で、帰った

目次

＊本書を製作するにあたって、みなさまからのご協力を賜りました。

飴屋法水　安藤健太
飯塚隆（加藤製本）
池松舞　磯野有章子
飯塚優子（レッドベリースタジオ）
伊藤昂大（河出書房新社）
イトウダイゾウ　犬星星人
井上斉　井村日出夫　宇曽川正和
江藤健太郎　大川敬介　奥田隆太
小口淑香　長田雛子（thoasa）
小曽根賢　小田尚子
加地猛（100000t alonetoco.）
加藤さゆり（方英社）
加藤木礼（palmbooks）　金子佳代
加納潤也　カルロス西川
川久保ミオ　川崎杏　木田マス子

木田礼知（ありの文庫）　qp
清原惟　國丸敬太　クマー
倉島悠太　小磯カヨ　小磯卓也
郷拓郎　小林椋（shouroom）
駒田隼也　坂上陽子（河出書房新社）
坂本黎（新潮社）　佐光佳典
迫田海里　佐藤夕花　佐藤友亮
志賀野左右介　篠原陽太
柴田崇志　杉本有輝
杉山達哉（新潮社）　鈴木秋馬
鈴木勝　砂山太一（shouroom）
相馬健一　田井芳樹　多賀盛剛
竹原圭一　田中くるみ（thoasa）
田中光子（文藝春秋）　種村剛
辻川美和　土屋創太　紡もえ

Dr. Holiday Laboratory

戸田竹男（方英社）　扉野良人
富澤豊　冨田萌衣　中川充
中木憲吾　長野篤　中村外
中村貴之　中村基司　苗代健志
丹羽健介（文藝春秋）　葉月
ババ　樋口洋平　PIZZA CHECK
藤井智也　毒島沙希
毒島早也人　保坂和志
前原克彦　水越真紀　みやら史野
村上由樹（日本経済新聞）　室井悠輔
本山ゆかり　森正明（文藝春秋）
森原洋司　矢橋浩二
山本敦子　山本慎太郎
山本菜月（文藝春秋）
山本浩貴（いぬのせなか座）
涌上昌輝（余波舎）　横地広野歩
吉雄孝紀　吉岡航
よしのももこ　渡辺洋

・LAB番外編 作者と担当編集者が話す会
＠レッドベリースタジオ（二〇二四年六月九日）
・新しい朗読 #01「わたしハ強ク・歌ウ」
＠shouroom（二〇二四年一〇月一四日）
・保坂和志×山下澄人トークライブ
in 徳正寺（二〇二四年一〇月二七日）
・LAB番外編 公開話会
＠レッドベリースタジオ（二〇二四年一二月八日）

造本仕様　本文天地×左右　一八一ミリ×一三八ミリ
製本　上製／丸背

資材仕様
本文　メヌエットフォルテC　A判縦目　四二・五キロ
カバー　サテン金藤N　四六判横目　一一〇キロ
*プロセス4Cのうち、M版をDIC155、Y版をDIC569に置き換え印刷。
帯　コート　四六判横目　一一〇キロ
表紙　MagカラーN　モルタル　四六判横目　一〇〇キロ
見返　NTラシャ　濃茶　四六判横目　一〇〇キロ
花布　イトウ60
スピン　アサヒA32

使用書体
A P-SK 石井明朝オールドL、游明朝体R、游明朝体36ポかな M
ヒラギノ明朝 W3、ITC Garamond Light、GT America Thin
Arial Unicode MS

フォトグラム製作（カバー写真）
撮影　〈Place M〉Tokyo Darkroom
素材　フィギュア（馬、シャチ、熊、狐）、骨、カラーセロファン
アクリル絵の具、クリアシート、ペン、モール、アルミホイル
撮影指導　齋藤千春

撮影日　二〇二五年一月一八日

印画紙　FUJICOLOR PROFESSIONAL PAPER Pro-G（GLOSSY）

二〇・三×二五・四センチ（六切）

引き伸ばし機　LUCKY ENLARGER V70

現像機　LUCKY LIGHTING CP32 ペーパープロセッサ、

LUCKY LIGHTING CP51

発色現像液　ILFOCOLOR RA-4 ACPII-1R plus

漂白定着液　ILFOCOLOR RA-4 ACPII-2R

製作

本文印刷　三松堂株式会社

装幀印刷　株式会社方英社

製本　加藤製本株式会社

組版　小牧三奈子（株式会社ステラ）

製作　平井孝昌（河出書房新社）

編集　岩本太一（河出書房新社）

ブック・ディレクション　青柳菜摘（thoasa）

グラフィックデザイン　山田悠太朗

プロジェクト・プロデュース　和田信太郎

制作支援　中島百合絵（thoasa）

特別支援　コ本や honkbooks

特別協力　白迫久美子、塚本智沙（ちさぞう）、ごえもん

山下澄人（やました・すみと）

一九六六年、神戸市生まれ。富良野塾二期生。劇団FICTIONを主宰。二〇一二年『緑のさる』で野間文芸新人賞、二〇一七年『しんせかい』で芥川龍之介賞を受賞。他の著書に『ギッちょん』『砂漠ダンス』『コルバトントリ』『ルンタ』『鳥の会議』『壁抜けの谷』『ほしのこ』『月の客』『君たちはしかし再び来い』『おれに聞くの？――異端文学者による人生相談』『FICTION』がある。

◎初出／「文藝」二〇二四年夏季号

わたしハ強ク・歌ウ

二〇二五年三月二〇日　初版印刷
二〇二五年三月三〇日　初版発行

著　者　山下澄人
装　幀　青柳菜摘（株式会社thoasa）＋山田悠太朗
発行者　小野寺優
発行所　株式会社河出書房新社
〒一六二－八五四四　東京都新宿区東五軒町二－一三
電話〇三－三四〇四－一二〇一（営業）
〇三－三四〇四－八六一一（編集）
https://www.kawade.co.jp/

組　版　株式会社ステラ
印　刷　三松堂株式会社
製　本　加藤製本株式会社

Printed in Japan
ISBN978-4-309-03934-3